Titre original : *Manolito tiene un secreto*
Édition originale publiée par Santillana S.A. Madrid, 2002
© Elvira Lindo, 2002, pour le texte
© Emilio Urberuaga, 2002, pour les illustrations
© Éditions Gallimard Jeunesse, 2003, pour la traduction française

Elvira Lindo

Le Noël de Manolito

Illustrations de Emilio Urberuaga

Traduit de l'espagnol
par Virginia López-Ballesteros et Olivier Malthet

FOLIO JUNIOR/**GALLIMARD** JEUNESSE

Pour Elena Muñoz Vico,
car elle a un rire communicatif.

Louisa, ma voisine du dessous, dit que ce n'est pas normal qu'on ne me laisse pas dédicacer les livres sur ma vie, et que ça soit toujours cette femme écrivain qui dédie mes histoires à ses amis ou à sa famille. Car, en fin de compte, dit Louisa, la seule chose qu'elle fait (la femme écrivain), c'est de venir une fois par an à Carabanchel passer un après-midi chez moi ou chez Louisa, prendre un goûter, et puis mettre au propre ce que je lui ai raconté. Il y a même des fois, dit Louisa, où ça ne doit pas être elle qui recopie au propre, car elle met devant ma bouche un magnétophone qu'elle a apporté et ensuite, dit Louisa, c'est sûr qu'elle donne la cassette à quelqu'un d'autre et c'est cette autre personne qui se charge de mettre tout ce que je dis sur la cassette dans l'ordinateur. Et la femme écrivain paye une somme symbolique à cette personne qu'elle ne mentionne pas dans le livre ni même dans la partie des remerciements, et il n'y a qu'elle (la femme écrivain) qui touche l'argent. Je voudrais dire une chose pour que ça soit bien clair et aussi parce que Louisa m'a dit qu'il fallait dire les choses : je ne gagne rien pour raconter ma vie, car nous, les enfants, nous ne gagnons rien, la Constitution nous en empêche. Bon, sauf que par moments il m'arrive de récolter une claque ou une baffe. Mais je ne touche rien en liquide. Je le dis parce qu'il y a des gens, surtout des gens de Carabanchel, qui croient qu'avec ces livres, nous, les García Moreno, nous sommes millionnaires et ils racontent ça à tout le monde. Et il y a des personnes du village de mon grand-père (Mota del Cuervo) qui, lorsqu'ils viennent à Madrid, appellent ma mère pour lui demander de l'argent ; il y a même des enfants de ma classe qui me demandent de l'argent pendant la récréation pour s'acheter un Crunch ou un pain au chocolat, et moi je leur réponds qu'ils aillent voir leur mère. Je ne te dis pas comment ils sont gonflés ceux-là.

Louisa dit qu'au moins cette femme écrivain, qui ne me donne pas un seul euro de tout l'argent qu'elle dépose, toujours selon Louisa, sur ses comptes en Suisse, qu'au moins elle devrait me laisser dédier les livres aux gens que j'aime. Et je vais donc dédier celui-ci. D'abord, évidemment, je dois le dédier en premier à Louisa, parce que sinon elle va se fâcher et aussi parce que je suis son héritier universel, comme tout le monde le sait à Carabanchel.

Je le dédie aussi à Grandes Oreilles López, mon grand copain (et cochon à la fois), et à Yihad, car il m'a ordonné de dire dans cette dédicace qu'il est mon meilleur ami autrement il me donnera une frite dès qu'il me verra, et à Moutarde pour qu'il se souvienne de moi lorsqu'il sera célèbre, et aussi à Paquito Medina, et à Mélody Martínez parce qu'elle dit que si je ne lui dédie pas ce livre, elle viendra m'embrasser encore une fois sur la bouche (et ça c'est hors de question).

Je le dédie aussi à mon grand-père, bien qu'il m'ait dit de ne pas m'en faire pour lui, car je le connais bien.

Enfin, surtout, je le dédie au Bêta, mon frère, parce que, après cette histoire, sa vie va changer à jamais.

En plus de ça, je vais peut-être devoir arrêter de l'appeler le Bêta… Mais je ne veux pas trop m'avancer sur ces terribles événements. Comme d'habitude, je commencerai mon histoire comme j'en ai envie : par le début des temps !

La honte de Madrid

L'autre jour, m'dame Asunción est arrivée en classe avec une très grande nouvelle à nous annoncer. Nous l'avons tout de suite remarqué en la voyant, car au lieu de nous crier dessus, comme d'habitude, pour nous faire taire, elle s'est assise le temps que nous terminions la récréation et elle est restée là à nous regarder fixement. Nous avons beaucoup de mal à terminer une récréation : en passant de la cour à la classe, il nous reste encore des réserves de claques à donner à notre camarade le plus cher plus quelques frites. La frite est une claque rapide, tel un coup de fouet, que l'on donne à son ennemi ou, à défaut, à son ami, sur cette partie du corps appelée cul. La frite produit une brûlure, et celui qui endure une frite met sa main sur cette partie du corps appelée cul et dit « aïïeee » ; mais ensuite il se requinque et court après toi, et alors mieux vaut que tu t'en ailles à l'autre bout de la Planète Terre, car la frite de la vengeance est terrible.

Normalement, c'est Yihad qui distribue les claques et les frites, car c'est lui qui commande depuis que nous avons commencé l'école, dans ces années où

nous n'avions pas encore l'usage de la raison ; mais nous (moi, Grandes Oreilles, etc.), « en toute modestie » comme dirait Paquito Medina, nous en distribuons aussi quelques-unes. Ces derniers temps, nous procédons de la manière suivante : tu t'approches de ton ami préféré et tu lui donnes une claque en biais sur la tête pendant que tu dis :

– Turlututu… je te tape dessus.

Et ton ami a tout le droit du monde de t'envoyer une pichenette sur le front pendant qu'il te répond :

– Turlututette… pichenette.

J'ai raconté ce jeu à des gens d'autres quartiers…, enfin pas à tant de gens que ça, car en dehors de mon quartier je ne connais que les gens qui passent à la télé ; mais un jour j'ai eu l'occasion de le raconter à un enfant qui s'est assis à côté de moi dans le bus et qui venait d'un quartier qui s'appelle Aluche ; et en réalité cet enfant, ça ne l'a pas fait du tout rire. Il m'a dit que dans leur école à Aluche ils jouaient aux gendarmes et aux voleurs, et que lorsqu'ils attrapaient quelqu'un, au lieu de le retenir, ils le jetaient par terre en criant :

– Qu'est-ce que ça peut me faire que je te pète le derrière !

L'enfant d'Aluche a alors poussé un rire si affreux que les gens du bus, qui broyaient du noir en pensant à leurs histoires, l'ont tous regardé. J'ai dû lui dire qu'en réalité ce qu'ils faisaient dans leur école ne me paraissait pas non plus à mourir de rire, et à la fin du trajet nous nous sommes quittés très poliment – en faisant un geste comme ça de la tête –, mais en pensant que nous devrions peut-être voyager plus, aller de temps en temps dans les quartiers d'à côté, comme Aluche ou Carabanchel, pour pouvoir entendre d'autres enfants d'autres mondes (mondiaux) et partager leur culture.

Et donc, ce jour-là, m'dame est entrée avec une très grande nouvelle à nous annoncer, mais sans rien nous dire ; elle s'est assise à sa table tandis que nous distribuions les dernières claques et frites vengeresses, que nous sautions sur les chaises et que nous lancions des boulettes de papier mâché en soufflant dans le tube d'un stylobille ; toutes choses qui, je te le dis franchement, nous remplissent de joie mortelle (et peut-être pas ceux d'Aluche). Nous étions donc en pleine activité extrascolaire lorsque Moutarde a montré m'dame du doigt et a dit :

– Regardez ! Qu'est-ce qu'il lui arrive ?

Et on a entendu un écho répéter :

– Qu'est-ce qu'il lui arrive ? Qu'est-ce qu'il lui arrive ?

Sauf que ce n'était pas un écho, c'étaient nous qui étions hallucinés. M'dame continuait comme si de rien n'était alors que nous, nous continuions de dire : « Qu'est-ce qu'il lui arrive ? » Cela fait des années que m'dame nous apprend que l'on dit : « Qu'est-ce qui lui arrive ? », mais nous, les enfants de Carabanchel, nous n'arrivons pas à dire : « Qu'est-ce qui lui arrive ? », même si nous essayons de toute la force de nos gorges. Bien que mentalement nous soyons en train de penser : « Qu'est-ce qui lui arrive ? », au moment de parler nous disons : « Qu'est-ce qu'il lui arrive ? » Et pourquoi ça nous arrive ? Des académiciens du monde entier ont essayé, mais en vain, d'élucider cette énigme. Qu'ils se débrouillent avec. Nous, les énigmes, on s'en fiche pas mal.

M'dame semblait ne pas se rendre compte que nous nous étions tus et que nous la regardions avec nos bouches grandes ouvertes, et que Moutarde continuait à la montrer le bras tendu, même qu'on aurait dit Christophe Colomb, sans bouger, paralysé, reniflant seulement de temps en temps pour aspirer les morves dans son nez, car Moutarde a toujours de la morve prête à sortir et quand il n'en a pas, c'est qu'il a réussi à la remettre au fond de son nez pendant un moment. M'dame souriait en regardant l'infini, comme si au lieu d'être dans notre classe, elle était déjà à la retraite en train de faire des tours en autocar à travers l'Espagne, comme elle pense faire dès qu'elle nous aura perdus de vue.

Nous ne savions pas si nous devions la réveiller ou la laisser vivre ce rêve doré. En fin de compte, nous avions toujours rêvé d'avoir ce genre de m'dame, une m'dame qui penserait à ses trucs pendant que nous penserions aux nôtres. Mais comme nous sommes des enfants plutôt compliqués, nous avons décidé de la réveiller. Paquito Medina s'est approché et lui a dit tout bas :

– Madame, madame.

Mais rien, elle est restée dans la lune. Elle s'est mise à rire un peu comme si quelqu'un lui avait raconté une histoire drôle. Tout ça a commencé à nous faire un peu peur. «Mon Dieu, elle a perdu la tête!» avons-nous tous pensé en chœur. Alors Yihad, qui a des méthodes beaucoup plus radicales pour réveiller les maîtresses, ne s'est pas gêné pour prendre le sifflet que m'dame porte au bout d'une ficelle et a poussé un sifflement qui nous a fait courir vers nos chaises comme si nous avions été actionnés par un ressort, et a fait lever m'dame de son fauteuil et nous regarder comme si c'était la première fois qu'elle nous voyait de sa vie.

– Voilà qui n'est pas pour me déplaire, délinquants! nous a-t-elle dit en passant entre les tables, avec un air de supergénérale et nous, de soldats qui vont partir à la guerre. Voilà qui n'est pas pour me déplaire, que je n'aie pas à vous demander de vous asseoir pour que vous vous asseyiez, que je n'aie pas à vous demander de vous taire pour que vous vous taisiez, que je n'aie pas à vous demander de travailler pour que vous travailliez! Moutarde, mouche-toi! Enfants de l'avenir, enfants qui êtes l'orgueil et l'exemple de cette ville! Vous, délinquants, qui étiez il n'y a pas encore si longtemps, à l'heure de la récréation, la honte de Madrid. Mais tout cela va changer dans les deux semaines à venir.

«Pourquoi?» nous sommes-nous demandé, car ça ne nous dérangeait pas vraiment d'être la honte de Madrid, nous sommes habitués.

– Vous vous demandez certainement pourquoi vous allez devoir subir une telle transformation…

Euh oui, en effet, on se demandait bien pourquoi.

– Je vais vous le dire. Dans quinze jours, vous allez devenir les enfants modèles non seulement de Carabanchel, non seulement de Madrid, mais de toute l'Espagne…

– Ooooohhhhh ! ont fait toutes nos bouches à la fois.

– Dans quinze jours, nous allons recevoir une visite très importante, et nous allons devoir être à la hauteur. Vous avez été sélectionnés parmi toutes les écoles de Madrid pour recevoir une grande visite à Noël…

– Les Rois mages[1] ! a dit Grandes Oreilles, qui leur a déjà écrit cinq lettres.

– Quoi, les Rois mages ? Ne pensez donc pas toujours à vos envies de consommateur ! Non, quelqu'un de plus important encore que les Rois mages.

– Les rois d'Espagne ! a dit Arturo Román, et en vérité c'est ce que nous pensions tous.

– Mais non, pour l'amour de Dieu, laissez tomber ces histoires de rois. Un homme politique très important va venir nous voir.

– Clinton ! a crié Paquito Medina, qui est celui qui s'y connaît le plus en politique internationale.

Ça nous a semblé une bonne idée.

– Bien sûr, a répondu m'dame en nous faisant redescendre de notre nuage, Clinton n'a rien d'autre à faire qu'à venir vous voir.

1. En Espagne, ce sont les Rois mages, et non le Père Noël, qui apportent les cadeaux.

– Alors qui ? avons-nous demandé.

– La personne qui va venir vous voir, c'est... le maire de Madrid ! Voyons, qui peut me dire comment s'appelle le maire de Madrid, nous a interrogés m'dame avec un petit sourire.

Il y a eu un silence de mort assez terrifiant.

– Ça ne va pas être un travail facile, nous a prévenus m'dame. Mais je jure devant Dieu de vous préparer à fond afin que le maire n'oublie jamais cette visite.

Grandes Oreilles sait réciter

M'dame nous a fait la morale. Parfois m'dame nous fait cours et parfois la morale. Normalement, elle nous fait cours, mais lorsque nous nous comportons mal elle nous fait la morale, ou lorsqu'elle veut que nous soyons des enfants modèles. Elle nous fait alors la supermorale. Ce sont deux choses bien différentes :

A) Cours (calculs, notre environnement, la reproduction humaine et des ruminants, les climats de la région de Madrid...).

B) La morale (vous êtes des enfants impossibles ; qu'est-ce qu'elles doivent être tranquilles vos mères pendant que je suis ici avec vous ; qu'est-ce que je serai tranquille quand je serai à la retraite, en hiver j'irai dans un hôtel à Benidorm où il n'y aura que des vieux et où on aura l'impression que les enfants ont disparu de la planète ; ça pue le bouc dans cette classe ; ne te sors pas de crottes de nez devant les gens ; on ne crache pas ; on ne claque pas la porte ; il est interdit de se passer des messages en classe ; on ne dort pas en classe ; on ne ronfle pas en classe...).

Ce sont des choses très différentes, mais l'effet qu'elles produisent sur notre cerveau est, comme dirait Paquito Medina, « quasiment » le même, ou comme dirait encore Paquito Medina, « la théorie de l'éternel retour ». Nous autres – le reste de la classe – nous ne savons pas comment ces expressions savantes arrivent jusque dans la tête de Paquito Medina, la seule chose dont nous sommes sûrs, c'est qu'il est cultivé. L'enfant le plus cultivé que nous ayons connu. D'après Paquito Medina, m'dame (que nous appellerons M pour « m'dame Asunción ») expulse des mots de sa bouche qui arrivent directement à la couche de nos cerveaux, les cerveaux de D (D de « délinquants »), et ces paroles qui sortent de M et qui vont ensuite dans la couche des cerveaux de D devraient normalement traverser la couche et entrer dans le noyau cérébral, comme il arrive à la majorité des gens, mais nous, on ne sait par quel phénomène scientifique, nous, les paroles restent au-dessus de nos têtes et il suffit d'un courant d'air, ou d'un enfant qui ouvre une fenêtre, ou du soupir de ton voisin d'à côté, ou tout simplement parce que c'est comme ça, pour que les paroles s'en aillent de ta tête et retournent dans celle de m'dame Asunción. Comment savons-nous qu'elles retournent dans la tête de m'dame Asunción, se demandera la moitié de l'Espagne. C'est très simple, répondrai-je, m'dame Asunción nous fait toujours la même morale et je peux te dire que la même leçon aussi, car presque tous les ans nous faisons la reproduction humaine et celle des ruminants, plus notre environnement vital et du calcul. C'est ce que Paquito Medina, l'enfant cultivé, appelle « la théorie de l'éternel retour », et tu

THÉORIE DE L'ÉTERNEL

RETOUR SELON P.M.

avoueras, maintenant que je te l'ai expliquée, qu'il a raison de l'appeler comme ça.

J'en suis venu à te parler de ça parce que je te disais que m'dame nous a fait la morale, nous a dit que ce n'était pas possible que des enfants de Carabanchel ne sachent pas comment s'appelle le maire de Madrid, qu'il allait nous rendre visite à Noël, car le maire aime rendre visite aux enfants de l'enfance à Noël, car les enfants lui chantent des chants de la Nativité et se déguisent en bergers, et le maire a les yeux qui se remplissent de larmes. M'dame nous a dit que c'était une raison plus que suffisante pour nous recaler en connaissance du milieu, car des enfants qui ne savent pas comment s'appelle leur maire mériteraient de vivre hors des murs de la ville.

– Quels murs ? a demandé Moutarde.

– C'est une façon de parler. Vous ne comprenez donc rien, mon Dieu ! a répondu m'dame. Et mouche-toi, tu vas bientôt en avoir jusque sur la bouche.

– Oui mais je n'ai pas de Kleenex, m'dame, s'est excusé Moutarde.

– Eh bien, un de tes camarades n'a qu'à t'en donner un.

– Qui m'en donne un ? a demandé Moutarde.

Personne n'a levé la main.

– Mais quel manque de générosité et de camaraderie ! a dit m'dame. Mon pauvre garçon, pas un de tes camarades ne veut te laisser de Kleenex. Eh bien, absorbe tout à l'intérieur, et vite, car j'ai mon petit déjeuner qui commence à remonter.

Et Moutarde a fait « nnnneeeeeeesssss » vers le haut, et toute la morve a disparu en un instant.

M'dame nous a annoncé que nous souhaiterions la bienvenue au maire dans la salle des fêtes, et que cette année encore nous devrions nous déguiser en personnages vivants de la crèche, mais que cette fois-ci il n'était pas question qu'on nous remette le même costume de petit berger, car nous, les enfants de CM2, le costume que nos mères nous avaient fait en maternelle est devenu tellement petit que quand nous l'enfilons, nos bras se relèvent tout seuls tellement c'est étroit. Il nous sort comme une petite bosse et, avec les épaules levées et les bras pendants, au lieu de petits bergers nous ressemblons à des vautours. M'dame nous a dit :

– Ces costumes iront aux enfants plus petits. On devra vous en faire un nouveau. Vos parents doivent comprendre : ce n'est pas tous les jours que le maire vient vous voir.

– Mais pourquoi je devrais laisser mon costume à mon frère, ai-je dit à m'dame, si mon frère fait toujours l'Enfant Jésus ?

M'dame nous a expliqué que cette année il n'y aurait pas d'Enfant Jésus, car la direction de l'école s'était rendu compte que ce n'était pas possible de faire une crèche vivante avec nous. Nous nous mettions tous devant la crèche et il n'y avait pas moyen de nous faire reculer.

– Même toi, Manolito, qui faisais un arbre l'année

dernière, et Grandes Oreilles, qui faisait un puits. Tous les deux, vous étiez là, au premier rang. Depuis quand voit-on un arbre et un puits se planter devant l'Enfant ? En quel honneur ? Non, cette année, tout le monde en petits bergers, et les maternelles en brebis, et il n'y aura plus de problèmes. Vous chantez une chanson au maire et vous lui récitez deux poèmes, et c'est terminé. Moins vous ferez de choses devant le maire et moins vous aurez de chances de faire de gaffes. Je vous présente, les bergers vous sortez, puis les brebis arrivent, elles s'assoient autour de vous, et vous chantez la chanson. Ensuite, deux enfants sur-doués récitent et lorsqu'ils ont terminé leur poème, vous disparaissez derrière le rideau. Et vous rentrez dans vos classes. Le plus important, c'est que le maire ne sache pas qui vous êtes vraiment.

– Et qui va réciter, m'dame ? a demandé Grandes Oreilles.

– Je verrai.

– Je veux réciter, m'dame, a dit Grandes Oreilles.

– Ben tiens, et pourquoi toi ? lui a demandé Yihad.

– Parce que je sais réciter, a répondu Grandes Oreilles.

– Vas-y voir, récite, si t'es si fort ! a dit Moutarde. Grandes Oreilles s'est levé, a avalé sa salive et, comme s'il avait fait ça toute sa vie, s'est mis à réciter un poème très émouvant, à mon goût :

C'est le dimanche après-midi
Que je suis le plus ravi,

C'est le jour du match de foot,
Quand joue mon Real Madrid.
Dans les bars à la télé,
Dans les taxis à la radio,
Et sur le terrain quelle folie
L'équipe des blancs maillots
Lorsqu'un des joueurs virils
Marque un but qui soulève
De leur siège les cent mille
Spectateurs venus applaudir
L'équipe de nos héros.
Après le but, c'est l'euphorie
Qui s'exprime dans un cri
Qui fend et traverse l'air
Du dimanche après-midi :
Vive, vive nos joueurs !
Les supporteurs sont heureux
De défendre les couleurs
De l'équipe du Real Madrid.
Nous sommes contents comme pas deux.
Allez Madrid ; allez Madrid ; allez Madrid.

Après avoir récité, Grandes Oreilles s'est assis. Nous étions tous très impressionnés : nous ne savions pas que Grandes Oreilles avait un tel talent pour la poésie. Plus tard, en rentrant chez nous, Grandes'O m'a raconté que c'était le fiancé que sa mère avait eu l'année dernière qui lui avait appris ce poème, ce fiancé que nous aimions tous, ma mère, moi, mon grand-père, M. Ézéchiel, et presque tout Carabanchel,

mais la mère de Grandes'O avait dû le quitter car Grandes Oreilles devenait traumatisé à pas de géant, et cela se voyait qu'il était traumatisé car il dormait pendant le cours après manger. Moi aussi je dors, mais m'dame Espé, la psychologue de mon école, dit que je dors par vice alors que Grandes'O dort parce que la nuit il ne peut pas fermer l'œil à cause du traumatisme qu'il a lorsque sa mère a un fiancé.

– C'est toi qui as écrit ce poème, Grandes'O ? lui a demandé Moutarde.

– Non, c'est un auteur disparu dont je ne me rappelle pas le nom, a répondu ce menteur de Grandes'O, encore rouge de l'émotion qu'il avait eue en récitant.

– Tu ne manques pas de talent, López, tu me surprends, a dit m'dame. Bon, évidemment, nous devrons trouver un poème qui soit plus en rapport avec Noël.

« Ce qu'il a bien récité, Grandes'O ! » ai-je pensé. Et j'ai pensé aussi qu'on ne connaît jamais vraiment ses amis. Il m'a fait un peu envie, à vrai dire, car Grandes Oreilles est le seul enfant de ma classe qui ne me dépasse en rien, c'est d'ailleurs pour ça qu'il est mon ami. Et pour une fois, je devais reconnaître qu'il y avait quelque chose qu'il faisait mieux que moi.

La brebis et le petit berger

La visite du maire serait le dernier jour de classe, le 23 décembre, aussi il ne nous restait que deux jours pour que nous, les grands, nous fassions notre nouveau costume de petit berger et les petits celui de brebis. J'ai dû consoler le Bêta car il est devenu très triste de ne pas être cette année l'Enfant Jésus, lui qui aime tant être le personnage principal dans la vie : chez moi, dans sa classe et dans la crèche. Ma mère, par contre, était très contente, car l'année dernière, le radiateur qu'ils avaient mis derrière la mangeoire était tombé en panne en plein milieu de la représentation, et le Bêta, qui portait seulement un slip d'Enfant Jésus, était devenu tout raide au point de ne plus bouger sa tétine, et quand la pièce de théâtre de la crèche vivante s'est terminée et que nous nous sommes tous avancés pour saluer et faire des révérences à nos parents très émus, le Bêta n'a même pas bougé.

Ma mère est montée sur scène pour prendre dans les bras son bébé chéri et lorsqu'elle l'a montré au public, ç'a été à celui qui applaudirait le plus, même si le public et nous, nous nous rendions compte à son visage que ma mère était angoissée car le Bêta était tout froid et blanc, sauf ses joues qui étaient roses. On aurait dit qu'il était en faïence. Il ressemblait à l'Enfant Jésus de la cathédrale Saint-Pierre, il regardait le public sans bouger avec un sourire figé aux lèvres et il avait les bras en avant et était hyperparalysé. On lui a mis une couverture et on l'a emmené à l'hôpital ; heureusement, au bout d'un moment il est revenu chez nous de nouveau en vie. Comme je te disais, le Bêta est capable de tout pour être la vedette, même s'il doit en passer par un début de congélation : tout ce qu'il veut, c'est être le centre de la Planète Terre. Moi, mon grand-père et ma mère, nous avons eu beaucoup de mal à le convaincre qu'être une brebis dans une crèche vivante avait aussi son importance. A la fin, je lui ai dit qu'il avait de la chance :

– Toi, tu as toujours fait un être vivant, mais moi j'ai passé deux ans à faire le cyprès. Et regarde Grandes Oreilles, une année il a même dû faire le puits.

C'est vrai, Grandes Oreilles, Moutarde et moi nous avons été deux ans de suite des cyprès. C'était très facile pour moi de rentrer dans la peau de mon personnage car ma mère me peignait le visage en vert cyprès, et dès que je montais sur scène je devenais superraide avec les bras collés au corps et la tête regardant vers le ciel, comme si j'étais au milieu d'un cimetière, et je me tenais comme ça superimmobile tout le temps que durait la crèche, une heure ; et la dernière année, à force d'être autant de temps dans la même position, j'ai eu un étourdissement et je suis tombé droit sur Moutarde. Et Moutarde est tombé direct sur Grandes Oreilles, et nous sommes restés là tous les trois, raides comme des quilles, entassés les uns sur les autres. Les gens nous ont beaucoup applaudis, car dans les crèches vivantes, les parents t'applaudissent quand tu joues bien mais aussi quand tu joues mal, car ça les fait encore plus rire. Il y a des fois où les parents sont de vrais sadiques.

Comme m'dame aime bien que tout soit parfait, elle a ordonné à M. Marín, le concierge, qu'il vienne nous enlever de la scène, et M. Marín et le prof de gymnastique, tels deux infirmiers du Samu, sont venus nous enlever et nous ont emportés jusqu'aux toilettes pour nous ranimer.

L'an passé, on nous a proposé de faire trois palmiers, car m'dame disait que c'était moins dangereux, que nous pouvions bouger les bras de temps en temps comme si on était bercés par la brise ; mais nous n'avons pas voulu : d'abord, parce qu'arrive un moment où ça ne t'enchante plus de faire l'arbre et ensuite, parce que nous avions peur que les mecs de notre classe nous traitent de tantouzes. C'est pas compliqué, si les mecs de ta classe te voient en train de faire le palmier, ils te traitent de tantouze. J'en parle car je connais parfaitement le milieu dans lequel j'évolue. Grandes Oreilles, lui, ça ne le dérange pas, car il dit qu'il est bisexuel, mais moi et Moutarde, oui, ça nous dérange.

– D'accord, a dit m'dame, ce sont les filles qui feront les palmiers.

Et finalement ce sont elles qui l'ont fait : Mélody, Jessica l'ex-grosse et Alba Heredia qui disait que comme sa mère vend des fleurs et des plantes dans la rue, elle saurait mieux que personne faire le palmier car elle avait ça dans le sang.

Mais elles ne le referont plus, car elles bougeaient les bras et s'agitaient dans tous les sens, comme si elles étaient en train de danser Aserejé, et les grands de mon école ont commencé à les siffler et à leur dire qu'elles étaient canons, et m'dame a demandé si elles se croyaient dans un numéro de strip-tease et leur a dit qu'ici, c'était une crèche.

Comme tu le vois, tu as l'impression que la crèche vivante est un truc superfacile, mais pas du tout, bien au contraire. Mon rêve dans la vie, c'est que lorsque je serai dans la dernière classe, m'dame Asunción me choisisse pour faire un Roi Mage ; mais avec la chance que j'ai eue jusqu'à maintenant, à tous les coups je vais finir en chameau ; en plus j'ai un peu comme une bosse à force de rentrer la tête entre les épaules, à la façon des tortues, et je suis sûr que m'dame pense que je vais être top mégacanon en chameau.

Je disais donc que le Bêta avait du mal à admettre qu'il n'allait plus être l'Enfant Jésus ; je lui ai expliqué que les brebis étaient superindispensables dans une crèche. En plus, ai-je ajouté, presque personne ne se souvient à Noël de l'Enfant Jésus, alors que tout le monde est gaga avec les groupes de petits animaux.

– Et puis, lui ai-je dit un peu énervé de l'entendre pleurer sans arrêt, ne te plains pas trop, tu aurais pu tomber sur un truc pire encore : imagine que tu aies à faire le cochon comme c'est arrivé l'autre année à Yihad.

Évidemment, Yihad s'en fichait pas mal d'être un cochon. Il en a surtout profité pour lâcher des pets avec Arturo Román pendant toute la représentation, au point que je ne sais pas si j'ai eu le tournis parce que j'étais superimmobile à faire le cyprès ou si c'est à cause des pets de ce porc de Yihad et d'Arturo Román, qui est un copieur et qui pétait sans en avoir envie, juste pour faire le fayot avec Yihad.

Dans le magasin de tissu, il y avait à peu près la moitié de l'école Diego de Velázquez. Toutes les mères achetaient des mètres et des mètres de tissu de petit mouton pour nous fabriquer des gibecières, des gilets, et aussi pour fabriquer le costume de brebis du Bêta et de tous les autres Bêtas de sa classe. On n'a pas dit à mon père que tous ces grands préparatifs étaient pour la venue du maire à l'école, parce que mon père ne vote pas pour ce maire et il n'aime pas que nous fassions des grands préparatifs en l'honneur d'un maire pour qui il ne vote pas ; aussi tous les soirs qu'il téléphonait de la route chez nous, nous ne lui avons rien dit du grand jour, comme m'dame appelait le jour de la visite du maire.

Quand nous sommes arrivés chez nous, ma mère et Louisa nous ont montés sur des tabourets du meuble-bar et on s'est retrouvés en slip à essayer les costumes et elles à nous piquer avec leurs aiguilles, même que parfois je crois qu'elles le faisaient exprès. Mon costume était superstylé. C'est pas pour frimer, mais on aurait dit un petit berger pour une pub de fromage. Et mon frère ressemblait à une brebis qui vient de sortir du pré.

Lorsque les costumes ont enfin été terminés, ma mère et Louisa se sont un peu écartées de nous et nous ont observés le sourcil relevé et le visage très inquiet.

– Louisa, tu penses la même chose que moi ?

– La même chose, a répondu Louisa.

Sans nous donner plus de détails, elles se sont approchées de nous et ont enlevé mes lunettes.

– Eh, je ne vois plus rien ! ai-je crié.

– Ce n'est pas grave, mon chéri, a répondu ma mère. Il y a longtemps, beaucoup de bergers étaient comme toi, ils ne voyaient pas, et ils devaient faire avec, car en ces temps anciens il n'existait pas de lunettes ni de lentilles ; je suis vraiment désolée, mais tu vas devoir te débrouiller comme tu peux. Marche lentement. Et puis, tu auras un bâton, tu pourras t'en servir pour te guider comme font les aveugles.

Cette chose floue que je voyais devant moi et qui, à la voix, paraissait être ma mère n'avait aucune pitié.

– Attends, a ajouté Louisa. Moi, à ta place, je ferais ça.

« Ça », c'était enlever la tétine du Bêta. Elle s'est approchée de mon frère et lui a enlevé la tétine. On a entendu « choup ! », car le Bêta la tient dans sa bouche comme une ventouse. Le Bêta s'est mis à pleurer comme un enragé, et ma mère a dit :

– Laisse tomber, Louisa, le pauvre. Une brebis avec une tétine, ça ne dérangera personne. Après tout, ce ne sont que des enfants.

Qu'elles aillent dire après ça qu'il n'y a pas de différences entre nous. Moi, elles m'enlèvent impitoyablement mes lunettes, et lui, le Bêta, elles lui laissent sa tétine. J'ai dit au Bêta de marcher à quatre pattes, qu'il aurait l'air encore plus réaliste, mais ma mère a dit qu'il n'en était pas question, que cette brebis marcherait sur ses deux pieds pour ne pas tacher sa laine.

Nous sommes sortis dans la rue : Louisa et ma mère suivaient derrière. J'avais une main sur l'épaule du Bêta et de l'autre, je donnais des petits coups par terre avec mon bâton. Il me servait de brebis éclaireuse car moi, ça me donne le tournis d'aller dans la vie sans lunettes. Moi et ma brebis éclaireuse, nous sommes allés à pied jusqu'à l'école, où nous avons retrouvé des milliers de petits bergers et des milliers de brebis. Le grand moment était arrivé.

Le troupeau du Bêta

Le Bêta était supercaché dans son costume de brebis car ma mère lui avait mis un rembourrage de mousse à l'intérieur de la laine pour qu'il ressemble à une brebis qui va bientôt être tondue, et sa tête était recouverte par une cagoule de laine ; elle lui avait juste laissé un trou pour les yeux, le nez et la bouche, et étant donné que la bouche était comme d'habitude recouverte par la tétine, tu ne distinguais en fait le Bêta que par ses yeux et la touffe de cheveux qui lui tombait sur le front. Les bras dépassaient seulement un peu du corps de la brebis, et de ses jambes on ne voyait que les genoux et les mollets. Le pauvre, il devait marcher avec les jambes et les bras très écartés et, quand il devait descendre une marche, il sautait des deux pieds, car ma mère lui avait fait le costume de telle façon qu'il ne pouvait pas faire autrement. Mais elle n'était pas la seule, toutes les mères de Caraban-chel avaient fait pareil, car les m'dames de maternelle l'avaient voulu ainsi. Et les mères sont comme les brebis, il y a en une qui fait quelque chose et toutes les autres l'imitent.

Quand nous sommes entrés dans la cour de l'école, les m'dames nous ont séparés : elles ont mis d'un côté les mè/pères et de l'autre les petits/es bergers/ères et les brebis. Moi, j'étais un peu dans la lune à cause de l'entêtement de ma mère et de Louisa à vouloir m'enlever mes lunettes pour que je sois le vrai petit berger des temps anciens. Le petit berger qui apparaît dans la pub pour le fromage. Pas comme les autres : Yihad avec ses dix boucles d'oreilles ; Mélody Martinez en train de faire des bulles avec un de ses gigantesques chewing-gums ; Grandes Oreilles avec un bonnet de petit berger en haut du crâne car ses oreilles n'entraient pas dedans (il ressemblait plus à un Russe moscovite qu'à un petit berger) ; et Moutarde avec son pantalon de survêtement à la raie fluorescente sur le côté, car sa mère n'avait pas voulu lui en acheter un noir. Il faut dire que la mère de Moutarde a encore moins d'argent que la mienne, et quand m'dame lui a dit qu'il fallait apporter un costume de petit berger « impeccable », la mère de Moutarde a envoyé un mot à m'dame qui disait :

Mon budget ne me permet pas d'acheter un pantalon noir à mon fils, et encore moins avant Noël. Si vous voyez que le groupe est déparé parce que mon fils porte un pantalon de survêtement, mettez-le dans la dernière rangée du chœur, il est si petit qu'on ne le verra pas. Mais, pour l'amour de Dieu, ne le retirez pas du spectacle, le pauvre gosse, ça lui fait tellement plaisir.

M'dame ne l'a pas retiré du chœur des petits bergers car Moutarde, il me semble d'ailleurs l'avoir déjà dénoncé publiquement plusieurs fois, est l'enfant qui chante le mieux de Carabanchel. Selon nous, les mecs de Diego de Velázquez, Moutarde chante encore mieux que Pavarotti. Un jour, il sera aussi gros que Pavarotti et chantera dans tous les théâtres du monde (mondial) et Carabanchel deviendra célèbre pour être l'endroit où est né Moutarde. Et il viendra inaugurer une rue qui s'appellera rue Moutarde. Et on me verra à la télé en train de dire que j'ai été le premier à croire en lui quand il n'était encore qu'un enfant minuscule.

Un jour, j'ai raconté à Yihad la future histoire de Moutarde et le voilà qu'il me dit d'oublier cette histoire de passer au journal télé, que ce sera lui et pas moi qui passera au journal télé. Je lui demande alors : « Et pourquoi ça devrait être toi ? » Et il me balance : « Parce que j'ai plus de facilités de parler que toi. » Je lui dis : « Mensonge pourri. » Et il me lâche : « Je passerai au journal télé parce que je suis celui qui commande et c'est tout. » Là-dessus il avait raison et j'ai dû me taire, même si c'était moi avec mon propre cerveau qui avais inventé la destinée de Moutarde.

Pour le spectacle, Susana Culotte-Sale avait apporté une trousse de peintures avec des paillettes et du rouge à lèvres ; les filles se sont maquillées à tour de rôle, et à la fin, on aurait plus dit des petites bergères de l'espace que des petites bergères des temps anciens. En vérité, le seul vrai petit berger de l'Antiquité, c'était moi, un petit berger sans lunettes avec deux

taches rouges que m'avait peintes Louisa sur les joues, car d'après Louisa, qui est très historique, tous les petits bergers de l'Antiquité avaient de bonnes couleurs, étant donné qu'ils passaient leur vie à la campagne.

J'étais dans le brouillard en train de penser à tout ça, quand j'ai senti les coups de coude de certains de mes amis dans l'estomac.

– Qu'est-ce qu'il y a ? ai-je demandé en sortant de mon monde.

– Tu ne vois donc pas que ta mère te fait des signes ? m'a dit Grandes'O.

Eh bien non, je ne la voyais pas, bien entendu.

– Quels genres de signes elle fait ? ai-je demandé à Grandes'O.

– Ben, elle te fait comme ça avec la main pour que tu viennes.

D'un bond, je suis passé du groupe des petits/es bergers/ères au groupe des mè/pères.

– Manolito, chéri, m'a dit ma mère, je n'arrive pas à voir ton frère.

J'ai regardé le groupe de brebis qui se trouvait dans un coin de la cour. Ce groupe était pour moi comme un nuage, je ne distinguais même pas les têtes.

– Je ne vois rien, donne-moi mes lunettes.

Ma mère les a sorties de la poche de son manteau tout en disant aux autres mères :

– Il fait celui qui ne voit pas, mais en fait il voit, il voit plus qu'il ne veut bien le dire.

Elle a enlevé mon bonnet et m'a planté très fort les lunettes avec l'élastique derrière pour les tenir. Quel bonheur. Le monde était redevenu comme avant. Le plus terrible, c'est que maintenant que je voyais tout superbien, il m'était impossible de reconnaître qui que ce soit dans le groupe de brebis. Elles étaient toutes pareilles, grosses et naines, avec des petits bras et des petites jambes sortant des boules de laine. Ma mère a dit :

– Voyons si tu arrives à le voir, c'est celui qui a une tétine.

– Le mien aussi en a une, a dit une autre mère.

– Et le mien aussi, et le mien aussi, ont dit d'autres mères tel un chœur de mères.

En réalité, ce qui énervait surtout ma mère, c'était de s'être tuée à faire le déguisement du Bêta et de ne pas pouvoir ensuite le reconnaître lorsqu'il monterait sur scène avec le groupe de brebis.

Soudain le sifflet de m'dame a retenti pour annoncer que nous devions nous rassembler dans la cour. Une énorme rangée de petits bergers et une énorme rangée de brebis. Nous devions tous nous mettre en position sur la scène pour être prêts quand viendrait le maire (dont nous ne nous rappelions toujours pas le nom). D'abord, le maire allait visiter les classes, car les maires aiment beaucoup voir les classes des enfants de l'enfance. Ne me demande pas pourquoi, ils aiment ça, c'est tout. Ensuite on l'emmènerait dans la salle des fêtes, où nous serions tous immobiles comme des morts à l'attendre. Grandes Oreilles ferait un pas en avant et réciterait un poème que Paquito Medina avait écrit en guise de bienvenue, et enfin chaque petit berger prendrait dans ses bras une des brebis car nous allions chanter un chant de Noël très émouvant. C'était un chant de Noël qui parlait d'un petit berger très pauvre qui n'avait rien à apporter à l'Enfant Jésus qui venait de naître dans la crèche, et après s'être demandé qu'est-ce que je lui apporte, qu'est-ce que je lui apporte à cet Enfant si important qui est né justement le jour de Noël (quelle coïncidence), après donc s'être pris la tête à réfléchir, eh bien le petit berger arrive à la conclusion que la seule chose qu'il a de valeur, c'est sa brebis, même si ça le peine et lui pèse, et les larmes aux yeux il la met sur son épaule, et il s'en va en chantant avec son fardeau sur son épaule, en pleurant de vraies larmes jusqu'à l'étable de Bethléem, et en chemin il rencontre d'autres petits bergers qui ont pensé la même chose que lui, et tous ils portent dans leurs bras leur brebis chérie.

Je ne sais pas si cette histoire est réelle ou pas, mais d'après moi ce serait plus logique que tous les petits bergers se mettent d'accord et offrent à eux tous une seule brebis à l'Enfant Jésus car, soit dit en passant, il a beau être très important, ce n'est pas normal qu'un nouveau-né se retrouve soudain avec un troupeau de cinquante brebis, tandis que cinquante petits bergers se retrouvent sans rien. Arturo Román a posé ce problème à m'dame, car Arturo Román, tout le monde le sait, ne donne rien à personne et passe pour être superradin. M'dame a répondu que si ça n'avait tenu qu'à nous, l'humanité n'aurait pas avancé, et elle a ajouté que nous étions des êtres mesquins.

Enfin bref, nous sommes tous entrés dans l'école. Les brebis, toutes pareilles, ont commencé à monter en rang les escaliers en direction de la salle des fêtes. Une des premières de la rangée a trébuché. Elle est tombée sur la suivante et à partir de cet instant, elles ont toutes dégringolé les escaliers. Il n'y a pas eu de victimes. La laine et le rembourrage de mousse les avaient protégées. Mais nous avons dû les relever les unes après les autres, car avec ce costume, les brebis criaient à l'aide les pattes en l'air comme des cafards. Une des brebis s'est mise à pleurer. Au son des pleurs, j'ai cru reconnaître le Bêta. J'ai alors essayé de le trouver parmi le tas. Mais les autres brebis ont été contaminées par les larmes, et tout le troupeau s'est mis à pleurer.

Brebis clonées

Comme je te l'ai dit, elles étaient là, toutes les brebis, grosses et pleines de laine, empilées les unes sur les autres en bas de l'escalier. Je n'ai pas retrouvé le Bêta, car vas-y, toi, au milieu de cinquante brebis. J'avais soudain l'impression de l'entendre pleurer mais, aussitôt après, ses pleurs se mélangeaient aux pleurs des quarante-neuf autres. C'étaient des brebis superclonées, mille fois plus clonées que la brebis Dolly. Une des m'dames de maternelle, celle de mon frère, dont je profite pour dire ici publiquement qu'elle me plaît beaucoup, a dit que s'agissant d'un cas d'extrême urgence comme celui-ci, avec le maire sur le point d'arriver et cinquante enfants de maternelle en train de bêler, il fallait adopter, une fois n'est pas coutume, une méthode totalement antipédagogique. Et après avoir dit cela, elle a disparu, et les petits bergers, nous sommes restés debout autour du tas de brebis, assez intrigués.

L'instant d'après, la m'dame du Bêta est revenue avec le sucrier de la cantine et s'est mise à retirer les tétines des bouches des brebis. Ça n'a pas été facile, car elles les tenaient toutes en serrant les dents.

C'étaient des brebis enragées. La m'dame les arrachait des bouches une par une et les trempait dans le sucrier. Les brebis ont fini par se taire, et les petits bergers avec la m'dame, nous les avons remises en rang. Le bruit des bêlements s'est changé progressivement en un son beaucoup plus grave : le même « gogno-gogno-gogno » que fait le Bêta quand il se concentre avec sa tétine pour dormir. Les brebis, déjà beaucoup plus calmes, ont commencé à remonter les escaliers, quoique l'une d'entre elles ait eu le culot d'enlever sa tétine, de se mettre à pleurer pour de faux et de demander à la m'dame qu'elle la retrempe dans le sucre. Et les autres ont suivi l'exemple, car s'il y a bien quelque chose qui définit les brebis, c'est leur culot de chez culot.

Grâce au sucre, nous avons réussi à toutes les mettre sur la scène. Elles étaient censées se tenir debout d'un côté, serrées les unes contre les autres, comme un troupeau, et nous les petits bergers de l'autre. Le maire a commencé à avoir du retard car les maires ont toujours du retard. Ne me demande pas pourquoi, mais si tu es maire et que tu n'es pas en retard les gens ne te prennent pas au sérieux et se moquent de toi sous ton nez. M'dame Asunción nous a demandé si nous croyions que le maire n'avait que ça à faire, venir nous voir, et elle a ajouté que le maire devait aller partout afin de s'occuper de tous les citoyens, d'éteindre des incendies, de sauver des vieilles dames qui allaient être agressées, de sauver des enfants prêts à sauter du haut du viaduc. Le maire

n'arrête pas une minute, il met une cape comme celle de Superman mais noire, et passe sa journée à lutter contre le mal. Aussi, nous a dit m'dame, pour le remercier, nous allons l'attendre avec le sourire, même s'il vient cette nuit.

Nous avons affiché notre sourire forcé, mais m'dame nous a dit de le garder pour quand viendrait le premier magistrat de la ville. Nous avons répété trois fois le chant de Noël du pauvre berger :

Que puis-je apporter, que puis-je apporter
A cet Enfant de Bethléem ?
Si tu lui apportes ta brebis,
Je lui apporterai la mienne.
Que puis-je apporter, que puis-je apporter
Au pauvre Enfant Jésus ?
Nous lui apportons deux brebis,
Dis-nous ce que tu as choisi.
Que puis-je apporter, que puis-je apporter
A l'Enfant nouveau-né ?
Nous lui apportons quatre brebis,
Il pourra nous dire merci.
Que puis-je apporter, que puis-je apporter
A ce petit affamé ?
Je lui donnerai mes six brebis,
Il aura ainsi du fromage et du lait...

Et ainsi de suite jusqu'à cinquante. Il n'y a pas de doute, Paquito Medina est un poète qui passera à la postérité. Pour être bon et barbant aussi. Nous, on trouvait ça un peu long, mais m'dame aimait beaucoup et elle nous marquait le rythme avec un tambourin. Un jour viendra où Paquito Medina sera aussi célèbre que Joaquín Sabina, qui est un chanteur poète espagnol qui a la chance d'être encore vivant, car normalement les poètes meurent tout de suite pour pouvoir passer à la postérité. Quand il aura gagné le prix Nobel, Paquito Medina voyagera directement de Suède à Carabanchel afin d'inaugurer la rue Paquito Medina, poète carabanchelois. Et là-dessus, le journal télé retransmettra la cérémonie et Yihad parlera alors devant les caméras pour expliquer que Paquito Medina était un enfant poète que nous admirions tous. Et moi je serai aux côtés de Yihad sans rien dire. Parce que j'ai beau être l'inventeur de l'avenir de Paquito Medina, c'est Yihad qui commande, et ça même les Chinois de Russie le savent.

La dernière strophe du poème que Paquito Medina avait écrit au supermaire racontait :

Que puis-je lui apporter, que puis-je lui apporter
Pour qu'il passe une bonne année ?
Moi, je reste sans un rond
Et l'Enfant garde tous les moutons.

Nous n'avions presque plus de voix pour chanter cette strophe. C'est une chanson de Noël qui est bien si tu te mets du côté de l'Enfant Jésus, mais si tu te mets du côté des petits bergers, tu as un peu les boules. Paquito Medina appelle ça une chanson de Noël déprimante. Et comme c'est lui l'auteur, il a sûrement raison. En plus de ça, c'est m'dame qui avait composé la musique et si les paroles étaient déprimantes, je ne te dis pas comment était la musique. Heureusement que sur les livres, il n'y a écrit que les paroles.

Après avoir répété la chanson de Noël, chose que nous avons faite sans porter les brebis dans nos bras comme c'était prévu, car m'dame n'a pas voulu que nous les perturbions avant l'heure (c'étaient des brebis enragées), Grandes Oreilles López a répété une fois le poème, écrit aussi par Paquito Medina, qui était le poème de bienvenue au maire :

Aujourd'hui le maire nous rend visite,
Le maire de Madrid.
Nombreuses étaient les écoles,
Mais il a choisi celle-ci.
De fierté nous sommes remplis,
Jamais nous ne l'oublierons,
Mais ce n'est pas pour autant
Que pour lui nous voterons.
Nous ne pouvons pas encore,
Car nous ne sommes que des enfants.
Nous n'aiderons pas à son élection,
Mais lui apportons notre affection.

Les vers où Grandes Oreilles disait que nous n'aiderions pas à son élection n'étaient pas une idée de Paquito Medina mais de l'Association des Mères et Pères d'Élèves, qui disait qu'il ne fallait pas politiser la cérémonie, et les paroles de l'AMPÉ sont sacrées ; de toute façon, nous ne savons pas trop ce que veut dire cette histoire de politiser la cérémonie, et puis à vrai dire on s'en fiche (pas mal).

Pendant que nous répétions, les brebis se sont remises à pleurer, car elles voulaient s'asseoir et étaient mortes de chaleur à cause de la laine et du rembourrage de mousse. M'dame est revenue avec son sucrier antipédagogique et a retrempé toutes les tétines. Ceux qui n'utilisaient pas de tétine trempaient leurs doigts. Puis elles ont eu le droit de s'asseoir.

Au bout de cinq minutes, le « gogno-gogno-gogno » s'est changé en « Zzzzz », une sorte de ronflement très doux. Entassées les unes sur les autres, les brebis s'étaient endormies.

Pression ambiante

Nous étions en train de répéter pour la cinquième fois le chant de Noël. Nous chantions très bas pour ne pas réveiller les brebis, car les m'dames nous ont dit qu'il valait mieux avoir les cinquante brebis dans les bras de Morphée plutôt qu'elles soient vraiment fatiguées et qu'elles se mettent à appeler leurs mères avec de terribles bêlements qui te fendent le cœur.

Les mères, justement, étaient déjà assises dans la salle des fêtes, car comme avait dit en secret m'dame Asunción aux autres m'dames, sauf que Susana et Jessica (deux petites bergères de l'espace) ont réussi à les entendre, les mères des brebis étaient presque pires que les brebis, elles étaient toujours en train de vouloir arranger la laine, le petit grelot ou la cagoule de leurs bambins.

Pour une fois dans ma vie, j'étais d'accord avec m'dame Asunción : ma mère ne vit que pour sa brebis, alors qu'elle laisse son petit berger (moi) totalement abandonné.

Encore heureux que je ne sois pas le seul petit berger sur la terre à qui c'est arrivé : dans ma classe, chaque fois qu'une mère a eu une brebis, elle a oublié son petit berger. Et donc ces mères que les m'dames avaient essayé de faire asseoir pour qu'elles ne gênent pas se levaient à chaque instant pour s'assurer que leur petite brebis avait toujours son déguisement bien mis. Cela dit, je crois qu'elles se trompaient très souvent de brebis et qu'elles arrangeaient le costume d'une qui n'était pas la leur. Ma mère, pour prendre un exemple, a donné plusieurs bisous d'amour à Mélanie (la sœur de Moutarde), croyant que c'était le Bêta. Les mères sont comme ça, elles croient nous connaître et il suffit que nous mettions un bonnet pour qu'elles nous confondent avec des personnes de sexe opposé.

Les m'dames ont eu du mal à faire comprendre aux mères qu'elles ne pouvaient pas s'asseoir au premier rang car le premier rang était réservé aux autorités : au maire, à la présidente de l'AMPÉ, au directeur de l'école, au président de l'Association des Habitants du Quartier et à tous les présidents de Carabanchel, qui doivent être beaucoup plus nombreux que je ne pensais, car la rangée des autorités était envahie. Derrière les autorités, il y avait deux rangées réservées au Foyer du Retraité, autrement dit à tous les grands-pères de Carabanchel, même à ceux qui n'ont pas de petits-enfants dans mon école, car les grands-pères du Foyer du Retraité ont toujours une rangée ou un banc réservés dans un coin de mon quartier, surtout s'il fait froid. Par exemple, un exemple, il n'y a pas longtemps on a ouvert un hypermarché près de chez moi et les

grands-pères ont pris le banc où ils s'assoient d'habitude dans le parc du Pendu et l'ont mis près des caisses, car tous les grands-pères de Carabanchel, ne me demande pas pourquoi, aiment regarder les demoiselles des caisses en train de faire leurs comptes, même qu'ils ont leurs places réservées sur le banc. Celle de mon grand-père est de cinq à sept, aussi ces derniers temps il fait la sieste dans l'hyper, la tête sur l'épaule du grand-père de Yihad, M. Faustino, qui a la même réservation que lui et qui dort aussi. Dès qu'ils s'endorment, ils ont la mâchoire qui se décroche et on dirait qu'ils ont le visage trois fois plus grand. Ma mère lui dit tout le temps : « Papa, quelle honte de vous voir comme ça, comme si vous n'aviez pas de maison ni de télé pour roupiller après manger. » Mais mon grand-père dit que pour dormir, il préfère écouter le bruit de fond des gens et du mégaphone qui annonce les pubs que de regarder la télé. « Très bien, répond ma mère, de toute façon je sais que tu n'en feras qu'à ta tête, la seule chose qui me reste à faire c'est de ne pas aller acheter entre cinq et sept, je n'aurai pas ainsi le plaisir de te voir couché la bouche ouverte sur M. Faustino, qui n'a pas plus honte que toi. »

Mais ce n'est pas l'histoire de la sieste de mon grand-père dans l'hyper que je voulais te raconter, mais plutôt que les vieux étaient présents dans la salle des fêtes le grand jour de la représentation, que nous appellerons le jour M, comme Manzano, car d'après ce que nous a dit m'dame Asunción le maire s'appelle comme ça.

Moutarde a demandé si c'était vrai que le maire s'appelait Pommier[1] ou si c'était un surnom, et m'dame lui a dit de ne pas faire le malin. M'dame ne se rend pas compte que Moutarde parle toujours sérieusement et qu'en plus, il se sent très concerné par cette problématique des surnoms, car dans mon école tous les gens qui sont un peu importants en ont un, et les gens sont persuadés que Moutarde est un surnom, car dans mon école, Moutarde est très important parce qu'il est un enfant chanteur ; mais en fait non, ça peut paraître faux mais Moutarde est son vrai nom. C'est le nom de son père, qui est un monsieur que Moutarde ne connaît pas, parce que ce monsieur après lui avoir dit : « Tiens, bonhomme, mon nom », a dit : « Tchao bye bye » et on n'a plus rien su de lui. Nous, on demande toujours à Moutarde pourquoi Mélanie, sa mère et lui ne vont pas tous les trois, enlacés, à la télé dans une de ces émissions où les gens disparus reviennent même s'ils ne le veulent pas, et ils diraient un truc du genre :

S'il te plaît, reviens, nous sommes tes enfants,
nous t'aimons bien même si nous ne te connaissons pas.

Mais Moutarde nous a dit qu'il avait posé la question un jour à sa mère et que sa mère lui avait répondu : « Pour quoi faire ? », qu'ils étaient très bien

1. Jeu de mots sur *manzano* : « pommier », en espagnol.

sans ce monsieur. J'ai demandé à ma mère si on pouvait être superbien sans être avec son père, parce que moi, juste d'imaginer une vie sans voir mon père le week-end quand il revient de ses livraisons, j'en ai les lunettes qui se remplissent de larmes et le Bêta le nez qui coule sur sa tétine ; mais ma mère m'a répondu que nous avions eu de la chance que le père que la vie nous avait réservé soit très bon, car il y avait des cas où les pères donnaient envie de vomir rien qu'en les voyant, et elle a dit aussi que les pères sont une loterie : soit ils sont bons, soit ils sont mauvais.

Toujours est-il que pendant que nous attendions le maire, la situation était la suivante :

– Première rangée : les autorités.

– Deuxième et troisième rangée : Foyer du Retraité.

– Quatrième rangée : mè/pères.

– Debout : m'dames contrôleuses.

– Sur scène :

a) Debout : petits bergers des temps anciens et petites bergères de l'espace.

Devant : Grandes Oreilles, prêt à réciter et très nerveux au point qu'il est allé quatre fois au W.C.

b) Brebis endormies : « Zzzzz ».

Nous étions tous en position quand le concierge, M. Marín, a ouvert la porte de la salle des fêtes et a dit, d'une voix entrecoupée :

– Le voilà qui arrive.

On a entendu un écho dans toutes les rangées, les mè/pères, les grands-mè/-pères, les autorités, tous les présidents/tes de Carabanchel : « Il arrive, il arrive, il arrive… » Et nous aussi, les petits bergers, nous nous sommes dit les uns aux autres : « Il arrive, il arrive, il arrive. »

Une fois de plus, Grandes'O a pâli et, les deux mains sur les parties (arrière) de son corps, il est parti en courant vers un côté de la scène.

– Mais qu'est-ce qu'il fait encore cet enfant ? a demandé m'dame de plus en plus terrifiée.

– Caca, a répondu Moutarde.

– Ne fais pas le malin, Moutarde, ou je te mets dehors devant tout le monde, l'AMPÉ, ta mère ou toute autre personne qui s'interposerait.

Pareil, toujours pareil ; ça paraît incroyable, mais m'dame ne sait pas que Moutarde parle toujours sérieusement : Grandes Oreilles (mon meilleur ami et cochon à la fois), cet enfant qui se fout de tout, qui ne bouge jamais le petit doigt pour quelqu'un et qui t'envoie balader, ce matin du jour M, il avait le ventre retourné à cause de la pression ambiante. Cela allait-il avoir des conséquences sur la grande représentation ? C'est la question que nous nous posions quand nous avons aperçu un grand homme avec une cape se diriger vers le premier rang.

L'homme à la cape

Chaque fois que nous reparlons de la visite du maire, Paquito Medina dit qu'avec nous il hallucine, il dit qu'il ne sait pas pourquoi le maire nous a impressionnés autant alors que nous devrions en avoir marre de le voir à la télé. Paquito Medina ne se rend pas compte qu'il est le seul enfant du parc du Pendu qui est au courant de ce qui passe au journal télé. Ce n'est pas pour rien qu'il est l'enfant cultivé de mon quartier. Chez moi, dès qu'il passe un homme politique, mon père et mon grand-père se mettent aussitôt à lui répondre comme si on leur avait actionné un ressort, à l'insulter et le contredire ; à moins, bien sûr, que passe quelqu'un du syndicat de mon père, alors il nous fait tous taire et nous dit de regarder la télé pour que nous apprenions. Moi, personnellement, dans ces cas-là, je branche le Manolito automatique et je fais celui qui comprend, et le Bêta pareil, il branche le Bêta automatique, mais comme il est beaucoup plus fayot que moi (nous nous livrons à une dure compétition), lorsque le monsieur du syndicat finit de parler, il applaudit et je lui dis tout bas :

« Fayot, fayot et fayot », et des fois le Bêta pleure tellement que ses pois chiches tombent de sa bouche dans l'assiette et d'autres fois il me jette au visage ceux qu'il a dans la cuillère et mes lunettes dégoulinent de sauce. Cela n'arrive que les week-ends, quand mon père est à la maison. Mon père nous regarde alors comme s'il n'était pas notre père, comme si nous étions les enfants d'un autre camionneur, et il dit à ma mère :

– Catalina, pourquoi les enfants se conduisent comme ça ?

– Les enfants en général ou ceux-là en particulier ? lui demande ma mère.

– Ceux-là, ceux-là…

– Eh bien parce qu'ils sont comme ça, le problème c'est que tu ne sais pas comment ils sont car tu n'es jamais à la maison ; si tu étais là, tu verrais que c'est le même numéro tous les jours.

– Tu es en train de me dire que je ne connais pas mes enfants ?

– Tu me poses la question pourquoi ils font les imbéciles et je te réponds : ils ne font pas un numéro spécial parce que tu es là, ils sont toujours comme ça, ils font les imbéciles tous les jours.

– Mes enfants sont des imbéciles, c'est ça que tu es en train de me dire ? lui demande mon père, au milieu d'une ambiance déjà très tendue.

– J'ai dit ce que j'ai dit.

– Il ne manque plus que tu ajoutes qu'ils me ressemblent, lui répond mon père.

LES MANGEURS

DE POIS CHICHES

– Allons, ne vous fâchez pas, dit mon grand-père ; si ces enfants sont bêtes, c'est sans doute parce qu'ils me ressemblent.

– Toi, la ferme ! lui crient en chœur mon père et ma mère, et nous aussi parfois, car c'est la phrase que l'on dit toujours quand mon grand-père intervient dans une discussion.

Un jour, le Bêta a ajouté :

– Tu n'as pas voix au chapitre.

Et nous sommes tous restés là à le regarder super-stupéfaits, car le Bêta est un enfant qui, en général, parle mal (« pas comme l'autre à lunettes, dit ma mère, celui-là, depuis qu'il est né, c'est un vrai perroquet »), mais de temps en temps, sans que cela vienne à propos, il nous sort une phrase, nous ne savons ni comment il l'a apprise ni comment elle est arrivée jusqu'à son cerveau. Je me souviens de ce jour, le Bêta mangeait ses pois chiches et ma mère et mon père lui disaient angoissés :

– Répète cette phrase, chéri, répète-la.

Le Bêta les a regardés du haut de son trône, d'abord l'un et puis l'autre, et il a répondu :

– Non.

– Pourquoi, mon bichon ?

– Parce que ils grondent bébé pour dire des phrases.

– Mais non, bichon, en plus elle était très bien dite, a insisté mon père.

Le Bêta a avalé une autre cuillerée de pois chiches et a dit la bouche pleine :

– Non, Manolito n'a qu'à la dire.

Il n'y a pas eu moyen, il n'a pas voulu répéter cette phrase étrange, mais elle est restée gravée dans nos esprits comme un phénomène paranormal. J'ai une théorie là-dessus : d'après moi, il sait parfaitement bien parler, mais il continue avec ses phrases genre télégramme pour faire l'intéressant et rester le bébé à sa maman.

Toujours est-il que Paquito Medina était superhalluciné que nous ayons eu la bouche grande ouverte en voyant ce maire qui était venu nous rendre visite et qui portait en plus une cape noire. Je t'avouerais que, comme il faisait très sombre dans la salle des fêtes et que je suis un enfant très impressionnable, en apercevant cet homme qui venait vers nous avec cette cape noire, il m'a semblé que deux canines pointues dépassaient de sa bouche. J'ai dû ouvrir et fermer les yeux plusieurs fois, car, je m'en rends compte, j'ai quelquefois des visions. Je ne devais pas être le seul à penser ça, car Moutarde m'a dit à voix basse :

– Comment sont ses dents ?

Toutes les parties de nos corps ont frissonné. Je le sais car nous avons souvent parlé de cette matinée historique.

Encore heureux que le maire ait souri en nous voyant habillés en petits bergers, car ainsi nous avons pu constater que, du moins pendant la journée, ses dents étaient pareilles à celles de n'importe quelle autre personne de Carabanchel.

Il faut dire que nous ne sommes pas habitués aux capes. Je ne connais aucun père qui se soit mis une cape, à moins bien sûr qu'il ne soit déguisé en vampire, en Superman ou en torero ; aussi lorsque nous voyons un homme actuel avec une cape, nous commençons à penser des choses étranges qui nous font rêver pendant la nuit.

Le maire à la cape noire s'est assis et quand il s'est assis, toutes les personnes du public se sont assises. Moutarde a demandé à m'dame :

– Nous aussi, on s'assoit ?

M'dame a répondu :

– Non, vous non, vous allez jouer.

Le spectacle allait commencer. Les seules qui juraient un peu avec le reste, c'étaient les brebis avec leurs ronflements, mais il valait encore mieux qu'elles continuent de dormir plutôt qu'elles se mettent à gêner en plein milieu du poème que Grandes Oreilles allait réciter. Ce poème qui ouvrirait la grande représentation :

– Monsieur le Maire, les enfants vous sont si reconnaissants pour votre visite…

Lorsque m'dame a dit le mot « reconnaissants », tous les petits bergers, nous avons souri parce que notre m'dame nous l'avait ordonné et que nous sommes très obéissants.

– … si reconnaissants qu'ils vous ont écrit ce poème, que va vous réciter l'élève Grandes Or…

M'dame ne se souvenait pas du vrai nom de Grandes Oreilles. Nous nous sommes tous mis à pen-

ser au nom de notre ami, mais nous ne le trouvions dans aucune partie de notre cerveau. Nous pensions, mais sans nous arrêter de sourire, et je t'avouerai que penser avec la bouche qui sourit est supercompliqué.

M'dame a répété en avalant sa salive :

– … l'élève Grandes Or… Or… l'élève López.

Nous avons tous poussé un soupir et l'élève López a fait un pas en avant comme c'était prévu et, le visage par instants rouge et par instants blanc, il a commencé à réciter.

L'heure de vérité

Tous ceux qui étaient à droite de Grandes Oreilles certifiaient que Grandes'O avait le visage blanc, et tous ceux qui étaient à gauche affirmaient qu'il était rouge. Au bout d'un moment, nous sommes tombés d'accord pour dire qu'il avait le visage divisé en deux couleurs car il lui arrivait deux choses en même temps : il était pâle à force d'avoir peur et à cause de son ventre qui s'était retourné (et qui lui avait provoqué la chiasse), et il était rouge aussi de honte. Je sais que c'est difficile à croire que le visage d'une personne puisse se séparer en deux couleurs, mais il faut préciser que dans mon école ont lieu de nombreux phénomènes qui n'ont pas d'explication, sans doute parce que mon école (Diego de Velázquez) a été construite sur une météorite qui est tombée il y a des millions d'années et qu'il y a des énergies magnétiques de pôles négatifs et positifs. Cette théorie n'est pas de moi, c'est Paquito Medina qui l'a inventée, l'enfant des théories. Tous les gens n'y croient pas. Moi personnellement, j'y crois, car je pense que Paquito Medina, en plus d'être poète, est un savant et je taperai tous ceux qui diront

le contraire (sauf Yihad, M. M. et Susana Culotte-Sale, qui sont plus forts).

Le Grandes'O bicolore a avalé sa salive et a commencé à réciter le grand poème écrit par Medina :

Aujourd'hui le maire nous rend visite,
Le maire de Madrid.
Nombreuses étaient les écoles,
Mais il a choisi celle-ci.
De fierté, nous sommes remplis…

Nous regardions la tête du maire à la cape, nous le voyions qui était en train de sourire, très content que ces enfants (nous), qui hier ne connaissaient même pas son nom (ça il ne le savait pas), l'admirent tant aujourd'hui.

Grandes'O avait la voix qui tremblait, ceux qui étaient à sa droite et voyaient son côté pâle pensaient qu'il allait s'évanouir, et ceux qui étaient à sa gauche et voyaient son côté rouge pensaient qu'il allait exploser.

… Jamais nous ne l'oublierons,
Mais ce n'est pas pour autant
Que pour lui nous voterons…

Le maire n'a pas aimé ce passage-là ; heureusement qu'après venaient les derniers vers, qui arrangeaient tout. Mais que s'est-il passé ? D'abord, il s'est passé que le corps de Grandes'O a émis un gaz toxique qui est allé tout droit vers les têtes des petits bergers. Un gaz aussi insupportable que ceux qui sortent parfois du corps de Bonie quand mon grand-père lui donne des gambas du bar Tropezón, qui sont des gambas toxiques et mutantes que M. Ézéchiel pêche dans le fleuve Manzanares. Les petits bergers, nous nous sommes bouché le nez pour ne pas tomber intoxiqués. Ensuite il s'est passé que Grandes'O a tenu la partie arrière de son corps avec sa main et est parti en courant vers un côté de la scène, le visage complètement blanc. Puis il a disparu derrière le rideau et n'est jamais réapparu. Le maire bougeait beaucoup sur sa chaise, il semblait ne pas trop aimer la fin du poème. Alors m'dame est arrivée. Elle s'est mise devant nous juste à l'endroit qu'avait occupé Grandes'O et où il y avait encore l'émanation de son gaz, et elle a terminé le poème de Paquito Medina que López avait laissé à ce vers si polémique qui avait si peu plu au maire.

… Mais ce n'est pas pour autant
Que pour lui nous voterons.
Nous ne pouvons pas encore,
Car nous ne sommes que des enfants.
Nous n'aiderons pas à son élection,
Mais lui apportons notre affection.

Lorsque m'dame a prononcé « *Car nous ne sommes que des enfants* », nous n'avons pas pu nous empêcher de rire un peu. Mais nous nous sommes retenus, car se moquer de m'dame est une faute grave, et m'dame nous a juré qu'avant de partir à la retraite, quand elle aurait un pied à l'école et l'autre dans l'autocar qui va à Benidorm, elle donnerait une claque à un enfant pour se faire un petit plaisir en guise d'adieu, et je ne sais pas pourquoi, mais nous avons peur de cette claque que m'dame collera seulement sur la tête de l'un d'entre nous. Cette claque, m'dame doit la donner cette année, la dernière qui lui reste avant le bonheur (c'est ce qu'elle dit), avant le voyage à Benidorm et avant d'aller vivre dans un autre quartier de Carabanchel, car m'dame dit qu'une fois qu'elle sera partie, elle ne veut pas nous croiser dans la rue. Nous connaissons tous la claque de nos mères, c'est une claque de famille, mais une claque de quelqu'un qui n'est pas de notre sang, ça ne nous est encore jamais arrivé, et cela nous intrigue beaucoup et nous cause un grand frisson dans la nuque, surtout quand m'dame passe derrière nous entre les rangs. Nous nous demandons alors : « Serait-ce moi l'élu ? »

Le maire à la cape a retrouvé un peu le sourire. Nous attendions de grands applaudissements, mais le public a été superstupéfait à cause du changement de récitant et ne savait pas trop quoi faire. Le président de l'AMPÉ s'est mis à applaudir, mais comme le maire n'applaudissait pas, il a arrêté et la chose en est restée là. M'dame a dit :

– Maintenant, monsieur le Maire, les enfants vont vous interpréter un chant de Noël dont les paroles ont été écrites par Paquito Medina et dont la musique a été composée par moi-même pour cette journée si spéciale.

Les petits bergers, nous avons sorti de notre gibecière une antisèche avec les paroles, car, comme dit notre m'dame, nous sommes des enfants de l'actualité, nous n'avons pas la mémoire entraînée et nous sommes incapables de nous souvenir d'autre chose que des pubs de la télé.

Nous avons mis notre papier devant notre nez, nous nous sommes raclé la gorge et Moutarde a entamé ce chant de Noël interminable :

Que puis-je apporter, que puis-je apporter
A cet Enfant de Bethléem ?
Si tu lui apportes ta brebis,
Je lui apporterai la mienne.

Moutarde est allé vers les brebis chercher celle qui était à lui, en fait c'était Mélanie, et il a commencé à tourner autour du troupeau de brebis endormies car il n'arrivait pas à distinguer Mélanie, sa brebis. Il en a soulevé une, qui s'est réveillée et s'est mise à pleurer, et il l'a laissée par terre.

Tandis que Moutarde cherchait sa brebis, Yihad a chanté la strophe suivante :

Que puis-je apporter, que puis-je apporter
Au pauvre Enfant Jésus ?
Nous lui apportons deux brebis,
Dis-nous ce que tu as choisi.

Puis il s'est approché du troupeau pour chercher sa brebis, qui était Zeus. Lui non plus ne la trouvait pas. Et l'un après l'autre, nous y sommes tous allés. Les brebis transpiraient et se réveillaient en criant comme des possédées, quelques-unes même te mordaient. On aurait dit que ces brebis avaient contracté la rage. On n'entendait pratiquement pas le chant de Noël. J'ai soudain senti des dents se planter dans ma main. Quand j'ai enfin réussi à sortir ma main de la bouche et que je l'ai regardée pour voir si cet animal furieux m'avait ensanglanté, j'ai pu reconnaître le propriétaire de ces dents : c'était le Bêta. Il m'avait déjà laissé cette marque au cours de diverses circonstances : deux dents de devant un peu avancées à force de tétine plus les autres autour, toutes identiques et minuscules. C'étaient les dents de rat de mon frère, ou comme dirait ma mère, de sa petite souris chérie. Le Bêta me regardait en montrant les dents. Il n'aime pas qu'on le réveille d'un rêve profond, il se transforme alors en animal dangereux. Comme toutes ces brebis. Elles étaient devenues totalement sauvages.

Un enfant saint et un maire ému

Sans me jeter des fleurs, je crois personnellement que je suis fait pour le monde du spectacle. J'y pense depuis ce jour, depuis le jour où nous avons chanté notre chant de Noël interminable devant l'homme à la cape (le maire), où personne ne nous a entendus car un troupeau de brebis sauvages, dont la brebis la plus sauvage était mon frère, nous a attaqués, nous pauvres petits bergers qui voulions juste apporter nos présents à l'Enfant Jésus.

La m'dame du Bêta est arrivée avec une trousse à pharmacie (avec le sucrier) et a retrempé toutes les tétines dans le sucre. Ma brebis (le Bêta) a été une des dernières à en avoir, aussi j'ai dû chanter presque tout le chant de Noël avec les dents du Bêta plantées dans ma main, et si je dis que je suis fait pour le spectacle, c'est parce que malgré une larme me parcourant lentement le visage, je continuais de chanter : « *Que puis-je apporter, que puis-je apporter* » comme un petit berger martyr, un de ces petits bergers qui, une fois qu'ils sont morts, deviennent des saints et apparaissent aux gens au milieu des champs, en haut d'un arbre, même qu'ils font peur à voir et que les gens s'en vont en courant quand ils les voient ; mais comme les gens au fond sont superintéressés, au bout d'un moment ils reviennent pour demander des choses à cet enfant saint qui a des pouvoirs surnaturels, qui rend des services divins à tout le monde, car il a un rayon divin qui lui sort du doigt, un doigt qui te désigne et te règle tes problèmes. Moi, par exemple, si l'enfant saint m'apparaissait dans l'Arbre du Pendu, il m'exaucerait trois vœux :

1° Il me débarrasserait de ma myopie : plus de lunettes. A partir de ce moment-là, Yihad ne pourrait plus me les casser. Évidemment, ne pouvant plus casser mes lunettes, il pourra toujours me casser la gueule. (Il va falloir que je repense à ce vœu, car je ne sais pas s'il fait vraiment mon affaire.)

2° Il m'aiderait en mathématiques. Quand m'dame m'enverrait au tableau pour me coller une de ses horribles opérations, le doigt de l'enfant me désignerait le cerveau (personne ne le verrait sauf moi), et dans ce rayon divin, il me transmettrait tout le savoir et je remplirais le tableau d'opérations que même m'dame ne comprendrait pas, et elle serait tellement impressionnée qu'elle devrait s'asseoir.

3° Il me changerait de place avec le Bêta. Le Bêta serait l'aîné et moi le petit. Et ma mère me dirait : « Mon petit binoclard chéri », et elle me coucherait dans son lit en me faisant de gros bisous sonores ; par contre, au Bêta, elle lui dirait : « Jaloux, enquiquineur, envieux », et ce genre de choses que me répète ma mère depuis que le Bêta est arrivé sur la Planète (Terre).

Je pensais à tout ça tandis que le Bêta continuait à me planter ses dents dans la main et à vrai dire, même si c'est trop bon de souffrir sachant qu'après ta mort tu seras l'enfant saint qui exauce des vœux à tort et aussi à travers, ç'a été un vrai soulagement quand la tétine du Bêta s'est trempée de sucre et qu'il est resté réveillé quelques instants à sucer sa tété avec une rage contenue.

Lorsque le chant de Noël s'est enfin terminé, et qu'a pris fin cette torture de porter dans les bras ces brebis indomptables, nous avons pensé que nos obligations devant ce maire étaient terminées, et sans nous mettre d'accord, nous avons lâché d'un coup les brebis, qui sont tombées par terre et se sont remises à pleurer. On a entendu une phrase venant du public : « Quelle brute ! » dite à l'unisson par toutes les mères de Carabanchel, qui prennent toujours le parti des brebis, même si ce sont des brebis assassines.

A Carabanchel, nous nous ressemblons tous énormément. Les mères pensent la même chose que toutes les mères, un grand-père est pareil à un autre grand-père, les petits bergers même chose, et les brebis, comme je l'ai déjà dit il y a longtemps, les brebis sont des clones. Bien avant qu'un scientifique invente la brebis clonée, à Carabanchel nous en avions déjà marre de les voir dans la garderie de mon école.

M'dame s'est dressée devant nous et l'amas de brebis, et a crié pour qu'on l'entende :

– Voilà, c'est terminé.

Cela voulait dire que l'on pouvait nous applaudir, et on nous a applaudis, et puis tout le monde a fait « ccchhhuuuuttttt » pour que l'on se taise et que l'on écoute les paroles superimportantes qu'allait dire l'homme à la cape. Le maire s'est levé et a dit :

– Chers élèves de Francisco de Goya…

– Nous sommes de l'école Diego de Velázquez ! a hurlé Arturo Román, qui fait ce qui lui plaît et qui ne sait pas qu'il faut respecter les maires et ne pas les contredire, même s'ils se trompent d'école, de pays ou de continent.

Pendant que m'dame poussait Arturo Román dans le couloir, le maire a continué son discours :

– Ce fut le plus beau spectacle de ma vie, car vous l'avez fait avec beaucoup de spontanéité, sans trop de préparation…

Ce maire ne devait pas savoir que depuis quinze jours déjà, nous passions toutes nos récréations à répéter.

– Ce qui importe, ce n'est pas que vous vous soyez trompés, ce n'est pas grave, ni que votre camarade López ait dû s'absenter à cause de problèmes d'estomac et ait abandonné la lecture de son poème à un moment si difficile. Ce n'est pas grave non plus que les petiots n'aient pas cessé de bêler et que l'on n'ait pu écouter ce si long chant de Noël, ce n'est pas grave. Le plus important, chers enfants, petits bergers et petites bergères, petites brebis et petits agneaux, c'est que vous l'ayez fait avec votre cœur, et même si cette pièce de théâtre n'est pas la vôtre, ce qui compte le plus, c'est l'intention. Je m'en vais, mais je resterais volontiers toute la matinée avec vous car vous m'avez ému. J'en ai le poil hérissé…

Le maire a relevé un peu sa chemise et nous nous sommes tous penchés pour regarder. Depuis la scène nous ne pouvions pas bien voir, mais le président de l'AMPÉ a annoncé à tout le monde que le maire disait la vérité et rien que la vérité : il avait le poil totalement hérissé car nous l'avions touché droit au cœur.

Ça nous a fait beaucoup de peine de quitter ce maire qui disait qu'il voulait rester pour toujours dans mon école, avec nous, mais qui avait de très grandes obligations car il devait percer tout seul cinq tunnels à travers la ville, mettre des statues dans des parcs, faire des trous dans les rues pour mettre des tuyaux, et rendre les gens bons pour qu'ils ne se battent pas et ne s'attaquent pas à coups de couteau. Et tout ça, il devait l'accomplir seul. Je l'ai imaginé dans les airs avec sa cape volant d'un côté à l'autre de Madrid, agrippant cette femme au vol qui s'était jetée du haut du viaduc. Je l'ai imaginé le poing levé comme Superman, creusant des tunnels à la force de ses bras et portant des statues sur son dos.

Il avait tant de choses à faire qu'il n'a pas pu rester voir nos travaux de Noël. C'étaient des petits anges aux yeux rouges tout brillants. Nous avions tous fait le même ange. Puis nous l'avons rapporté chez nous,

ERMAN

mais à la rentrée des vacances la plupart d'entre nous l'avons rapporté à l'école ou l'avons jeté à la poubelle, car la nuit les yeux du petit ange se mettaient à briller et le Bêta pleurait de peur et disait qu'il ressemblait à Chuky, le petit ange diabolique. Mais c'est une autre histoire. Ce que je voulais dire, c'est que le maire est parti en courant, après que des photographes l'aient pris en photo avec les petits bergers (les brebis n'ont pas voulu). Tu ne vas pas le croire, mais le lendemain nous étions dans le journal : « Carabanchel vivant », et ma mère qui, d'habitude, ne se vante jamais de moi, l'a montré à tout le monde et l'a même envoyé à mon oncle de Norvège.

Le Bêta a un don

Le Bêta, il se débrouille toujours pour tout changer, il change les données historiques pour se retrouver le héros et moi le méchant. Chaque fois c'est pareil, chaque fois. Et pourtant, dans cette affaire, il y avait des preuves, les traces assassines de ses dents de rat sur ma main et, tu le croiras ou pas, mais ma mère a dû me soigner, me mettre du Mercurochrome et un pansement et elle a eu la gentillesse de me faire un bisou pour que je guérisse plus vite.

Moi je ne crois plus à ces histoires de ta mère qui t'embrasse et hop, ta blessure se guérit à la seconde même. J'ai arrêté d'y croire l'année dernière quand je me suis fait un bleu au visage ; ma mère dit que je marche comme un idiot sans regarder où je vais et c'est vrai. Le fait est que je revenais de l'école en pensant à mes problèmes (mes notes) et tout le monde sait, même les Chinois de Russie, que quand on pense à ses problèmes, on regarde par terre, eh bien en marchant je n'ai pas vu le réverbère du parc du Pendu, le seul qu'il y a, qu'il y a eu et qu'il y aura, et je me le suis pris en pleine poire avec un choc terrible, et je suis tombé en arrière. Encore heureux que je portais mon sac à dos et que je ne me suis pas cogné la nuque contre une pierre, parce qu'avec la chance que j'ai c'est ce qui aurait dû m'arriver.

Le Bêta, qui était avec moi, est resté là à me regarder sans savoir quoi faire et les clients du Tropezón, qui passent leur vie le bras collé au bar, ont tout vu et se sont mis à rire. Moi, qui étais encore par terre, les yeux fermés et à moitié abruti, ça m'a énervé, mais en même temps je les comprenais : si je vois quelqu'un qui se prend un réverbère en marchant dans la rue, je me fends d'abord la gueule et puis après on voit.

Bien sûr, pour le Bêta c'était différent, le Bêta voyait son héros (c'est-à-dire moi) étendu par terre, et il ne pouvait pas supporter d'entendre les autres se moquer de son héros.

– Les hommes ne se moquent pas ! a-t-il commencé à crier comme un fou. Les hommes ne se moquent pas ! Manolito est mort !

Les hommes sont restés pétrifiés ; même moi qui les regardais du coin de l'œil que j'avais fini par ouvrir, j'étais très impressionné par la phrase de mon frère. Bon, il faut dire que je suis un enfant tellement influençable que pendant un moment, la moitié d'un instant, j'ai cru que le Bêta avait peut-être raison, que j'étais par terre parce que j'étais mort, et ça m'a semblé horrible qu'en plus d'être mort, ces hommes se moquent de moi sans aucune pitié.

Le Bêta a arrêté de crier lorsque plusieurs d'entre eux se sont approchés et m'ont transporté au Tropezón. Puis ils m'ont un peu nettoyé le sang que les lunettes m'avaient fait en se plantant sur mon visage, et ils m'ont commandé un Coca-Cola afin de me reanimer, et ils ont dû en commander un autre pour le Bêta parce qu'il a eu le culot de dire que lui aussi il devait se reanimer.

Le pire, ç'a été ensuite, lorsque je suis rentré chez moi et que j'ai dû expliquer à ma mère que cette fois ce n'était pas Yihad qui m'avait cassé les lunettes, comme d'habitude, mais que je les avais cassées tout seul, sans l'aide de personne, en me télescopant contre un réverbère ; alors ma mère s'est assise et a dit à voix haute, mais comme si elle pensait :

– J'aurais presque préféré que Yihad te les ait cassées, mon cœur, au moins nous aurions pu dire que c'était lui le coupable ; mais là maintenant, dis-moi ce que je peux te dire, si tu ne regardes même pas où tu marches ni ce que tu as devant ton nez. Tu serais sans lunettes ce serait pareil, pour ce qu'elles te servent.

– Ne dis pas au gosse des choses pareilles, est intervenu mon grand-père.

Ma mère m'a regardé et m'a vu assis sur la chaise de la cuisine avec mon œil qui devenait violet par moments, et elle s'est approchée et m'a pris dans ses bras et m'a couvert de bisous sonores en me disant : « Tu vas voir, tu vas voir, ces bisous vont te faire disparaître le bleu tout de suite », et moi je ne désirais qu'une chose, qu'il disparaisse, car le lendemain, des types de la télé allaient faire un casting afin de choisir un de ces enfants prodiges qu'il y a dans les feuilletons et qui doivent être répugnants parce que c'est écrit

dans le scénario et point barre. Mais j'ai pu constater le lendemain, le surlendemain et le lendemain du sur-lendemain, que les bisous d'une mère peuvent te plaire à certains moments, mais qu'ils ne guérissent pas les dommages physiques ; le seul truc peut-être, c'est qu'ils te guérissent un peu des dommages psy-chologiques. Mon œil était toujours violet, puis vert et jaunâtre, et je n'ai même pas pu me présenter au cas-ting car m'dame ne m'a pas autorisé dans de telles conditions. D'accord, ma grande joie a été qu'ils n'ont pas voulu non plus de Grandes Oreilles car avec les oreilles qu'il a, il ne peut jouer qu'au grand écran un rôle d'enfant volant, du genre Dumbo. Et ils n'ont pas pris Yihad non plus, car les types du casting n'aimaient pas les vrais vauriens, ils préféraient un enfant bien élevé qui joue les vauriens ; ils n'ont pas voulu non plus de Paquito Medina parce qu'il faisait le malin et parce que Paquito Medina est l'enfant cultivé de mon école et il a dit aux gens du casting que les feuilletons en Espagne n'étaient pas drôles du tout, que les scé-narios étaient mauvais, et les gens du casting n'ont même pas voulu lui faire faire un bout d'essai ; Mou-tarde ne leur a pas plu non plus parce qu'il était trop petit, et ils ont dit que les enfants chanteurs nains n'étaient plus à la mode ; Arturo Román est resté sans voix devant la caméra. Aussi du coup j'étais assez ras-suré, car même s'ils ne m'avaient pas choisi, ils n'avaient pas non plus choisi un de mes amis. Ils ont choisi Boris Sánchez, un enfant de ma classe à qui per-sonne n'avait jamais fait attention car c'est l'enfant invisible, même que m'dame oublie parfois de l'appeler quand elle fait l'appel. Toujours est-il que Boris Sánchez, l'enfant invisible, l'enfant le plus banal de Carabanchel, a été celui qui a le plus plu aux types de la télé et ce qui est arrivé ensuite, c'est que nous avons tous voulu, instantanément, devenir son ami. C'est un phénomène que devraient étudier les scientifiques du monde entier : pourquoi dans mon quartier, les enfants adorent être à côté et devenir amis des gens qui passent à la télé, comme M. Mariano, le gars du kiosque bleu qui, un jour, a répondu dans la rue à une enquête sur l'enfance et nous a tous cassés, et malgré ça, nous avons passé tout l'après-midi assis à côté de son kiosque à l'admirer parce qu'il avait parlé à la télé.

Mais je te parlerai une autre fois de Boris Sánchez, notre grand ami, car ce que je te disais au début des temps de ce chapitre c'est que le Bêta se débrouille toujours pour tout changer. Il change tout. Quand ma mère a commencé à le gronder pour la morsure qu'il m'avait faite à la main, il s'est mis à raconter qu'il m'avait fait ça car il ne voulait pas que je me sépare de lui. Et là-dessus, il m'a pris la main blessée, ma main avec les preuves de son délit, et m'a donné deux ou trois bisous en répétant les mots de ma mère : « Tu vas voir, avec mes bisous ton bobo va disparaître… » Moi, je croyais que j'hallucinais de voir un culot pareil, si énorme. Il faisait ça uniquement pour se débarrasser de l'engueulade de ma mère qui, en le voyant m'embrasser, a dit :

– Regarde Manolito, la chance que tu as d'avoir un frère qui t'aime !

J'allais bientôt devoir le remercier. Le Bêta m'a regardé en bougeant les cils genre Bambi, comme quand il veut être ton meilleur ami. C'était vraiment incroyable. Le fait est que le lendemain, il n'y avait plus trace de la blessure. Je savais de par ma précédente expérience de l'œil contre le réverbère que ma mère n'avait pas été ma guérisseuse, et j'ai dû admettre que c'était le Bêta qui m'avait guéri. Il avait un don surnaturel. En vérité, ce type est né avec de la chance, ou peut-être que c'est moi qui ai de la chance, comme dit ma mère, d'être son frère.

Les superexpériences du Bêta

Je sais que le Bêta est plus beau que moi. Personne ne me l'a dit aussi franchement, mais je vois bien que les gens le pensent, je ne suis pas débile. Je suis plus laid, d'accord, je l'admets, mais je ne suis pas débile. Je m'en rends compte les fois où Louisa vient chez nous, elle nous voit tous les deux en pyjama et elle dit en regardant le Bêta :

– On croirait une gravure de mode.

Puis elle me regarde et dit :

– Catalina, tu diras ce que tu voudras, mais des deux, c'est lui qui a le plus bon cœur.

Je m'en rends compte aussi quand nous nous habillons pour sortir le dimanche et que ma mère pense à voix haute :

– Mon petit enfant chéri, je pourrais te mettre n'importe quoi tu ressembleras toujours à un prince.

Et, comme elle non plus, elle n'est pas débile et qu'elle voit que j'attends quelque chose, elle ajoute :

– Oh le petit jaloux, tu verras, quand tu seras plus grand et que tu pourras te mettre des lentilles, et que tu grandiras et que tu maigriras un peu, et que tu arrêteras de t'arracher les poils de sourcil quand tu

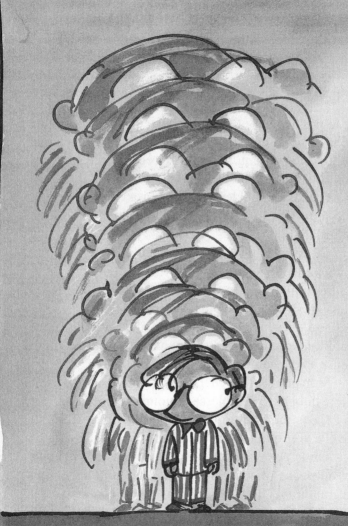

ENFANT AU BON CŒUR

GRAVURE DE MODE

t'énerves… Tu verras, tu ne seras plus toi, tu vas toutes les emballer.

Et je ne peux même pas me fâcher, car lorsque ma mère me dit ce genre de choses, cela fait partie des rares moments où elle ne me gronde pas ; au contraire, il y a même des fois où elle me fait un bisou et me peigne le sourcil gauche avec son doigt plein de salive (car je m'arrache les poils du sourcil gauche lorsque je m'énerve). Et je la laisse m'embrasser, et pendant qu'elle m'embrasse et qu'elle me raconte ses trucs, je souris d'un air débile comme si on me racontait de belles histoires, mais après, une fois que nous sommes dans la rue, moi et le Bêta, en train de marcher, je repense à ce qu'elle m'a dit et je me rends compte qu'elle m'a encore cassé du sucre et, je ne sais pas pourquoi, mais j'ai alors envie de me venger sur le Bêta. En fait si, je sais pourquoi, parce qu'avec ma mère, je n'ose pas. Et il y a eu des fois, je le confesse publiquement, après que ma mère m'a dit ces paroles qui paraissent bonnes mais qui en vérité sont méchantes, j'ai ressenti en moi une colère si terrible que j'ai bousculé le Bêta comme ça sans raison apparente, mais lui, comme il est bizarre et qu'il m'admire et ne pense jamais que je suis un frère malveillant et tordu, il croit que si je l'ai bousculé c'est pour rigoler, vu que nous nous poussons très souvent, et du coup cet idiot est mort de rire, et il se relève et me fait pareil. C'est dans ces moments-là où ton propre rival ne se rend pas compte que tu lui en veux à mort, ni ta mère qu'elle t'a insulté, que j'aimerais aller directement au bureau de m'dame Espé, la psychologue de mon école, et lui raconter mon grand traumatisme, mais je t'ai déjà dit que la psychologue ne veut même pas me voir, qu'elle préfère fréquenter des enfants vauriens et insolents comme Yihad. C'est une psychologue étrange, elle n'aime que les patients violents, pas comme moi, qui non seulement me fais toujours taper par les autres mais qui, en plus, m'arrache mon propre sourcil quand je suis nerveux, et quand je me décide enfin à faire du mal et que je bouscule le Bêta, il le prend à la rigolade.

J'imagine que quand je serai grand, je devrai aller chez un de ces psychologues qu'il faut payer et que quand je lui raconterai toutes les humiliations que l'on me fait subir (les gens qui m'entourent en général), il me donnera enfin raison.

Même en sachant que le Bêta est plus beau que moi, car on me le répète depuis le jour où il est né, j'avais l'espoir de le dépasser pour une chose, seulement une : il y avait une fille dans ma classe qui était pour moi. Bon, d'accord, tout le monde sait que cette fille est Mélody Martínez, et Mélody n'est pas vraiment la fille qui a le plus de succès parmi les filles de ma classe, car elle dépasse tous les garçons d'une tête (en fait, Moutarde et moi, elle nous dépasse de deux têtes), car elle porte des chaussettes avec des sandales, car c'est une vraie bourrique et nous avons très peur d'elle, car elle peut se fâcher et nous donner un coup de pied. J'ai peur d'elle, pas parce qu'elle peut me taper ; comme chacun sait, elle est pour moi. J'ai peur d'elle parce qu'elle me ridiculise devant mes camarades et me défend contre ceux qui veulent se battre contre moi et elle me fait passer pour une poule mouillée.

J'aurais préféré que la fille qui est pour moi soit Susana Culotte-Sale, qui ressemble un peu à Cameron Díaz (Susana est plus belle), mais cela fait des années que Susana ne se décide pas, depuis que nous allons ensemble à la maternelle, et moi personnellement, j'en ai eu marre. Je sais que mes camarades se moquent de moi, car Mélody, la percheronne, comme l'appelle Yihad, me poursuit et fait tout son possible pour me sauver si nous jouons au sauvetage de gens en danger ou, par exemple, un exemple, si je raconte une blague, elle fait comme si elle était morte de rire, alors que tout le monde sait que je ne raconte pas bien les histoires drôles, et je préférerais qu'elle dise avec mes amis : « Nuuuuulllll, Manolito ! » Mais non, elle fait comme si elle pissait de rire et elle tombe à la renverse comme une folle, même que j'ai honte que quelqu'un rigole comme ça d'une de mes blagues.

Cela dit, même si je n'ai pas eu beaucoup de chance avec la fille à qui je plais, je crois qu'au fond ils m'envient tous un peu, car aucune fille de ma classe n'a jamais sorti à un de mes amis, comme ça, aussi directement : « Je suis pour toi », et cela, évidemment, me donne une superexpérience qui fait crever d'envie tous mes amis, même s'ils le cachent. Je le sais parce que, de temps en temps, ils ne peuvent pas s'empêcher de me demander si c'est vrai ce que raconte Mélody, qu'elle m'a embrassé en bas de mon immeuble et qu'elle a téléphoné chez moi l'autre soir à onze heures passées. Moi, j'essaye de faire mon sourire le plus énigmatique et je leur réponds une phrase que j'ai souvent entendue l'après-midi à la télé dans les feuilletons de problèmes humains :

– Je préfère ne pas en parler.

Le Bêta connaît la vérité, il sait que Mélody s'est introduite dans le hall de mon immeuble alors que nous poussions la porte à deux (moi et le Bêta) pour la fermer et la laisser dehors de toutes nos forces, mais elle, la percheronne, a plus de muscles que nous n'en aurons jamais dans la vie et elle a poussé d'un coup et nous a fait tomber à la renverse sur le cactus qu'a mis Louisa à l'entrée, car Louisa est la présidente et nous commande tous et elle a absolument voulu mettre un cactus car les cactus n'ont pas besoin d'eau ni de soleil, ni de personne qui leur dise bonjour, et ce cactus était devenu très grand tel un cactus du désert sauvage et il y a toujours un voisin qui se cogne dessus et qui doit aller aux urgences car il s'est planté une épine mortelle. Comme je te l'ai dit, moi et le Bêta, nous sommes tombés en arrière sur le cactus et le Bêta s'est planté un piquant dans une fesse, et pendant que j'essayais de le lui enlever, Mélody en a profité pour entrer.

C'était la Saint-Valentin et Mélody avait annoncé dans la cour qu'elle voulait m'embrasser. Tu comprendras bien que je n'allais pas la laisser faire, là dans l'école, devant tout le monde, aussi j'ai passé toute la récréation aux toilettes, à m'ennuyer comme un rat

113

mort, quoique le Bêta ait fini par me trouver après m'avoir cherché désespérément, comme il fait tous les jours (s'il ne me voit pas, il se met à pleurer), et m'ait donné la moitié de son sandwich. Des W.C., je suis parti directement en classe et quand a retenti la sonnerie pour retourner chez nous, je suis parti en courant et j'ai retrouvé le Bêta au kiosque de M. Mariano, comme c'était prévu dans notre plan pour nous libérer de M. M. Mais Mélody n'était pas disposée à me laisser m'échapper : elle nous a poursuivis en courant jusqu'à notre immeuble et, après avoir poussé la porte, elle m'a attrapé par la tête et a voulu coller ses lèvres sur les miennes, mais je me suis retiré à temps et j'ai mis mon nez à la place, car sincèrement sur la bouche ça me dégoûtait un peu. Même si je sais qu'il y a des gens qui le font, je le vois bien tous les samedis quand les grands viennent se peloter dans le parc du Pendu, ils se mettent tous derrière l'Arbre du Pendu, qui est le seul arbre de mon parc et, bien sûr, si tu t'y intéresses, tu es au courant de tout ce qu'ils font. Nous, Yihad, moi et Grandes Oreilles, ça nous intéresse beaucoup et des fois en hiver, à sept heures, lorsqu'il fait déjà nuit, nous nous asseyons sur le banc du parc ; nous mourons de froid, mais nous restons quand même, et Yihad dit qu'un jour ce sera à notre tour d'être derrière l'Arbre du Pendu et moi, vraiment, je n'arrive pas à y croire qu'un jour je serai là à me geler avec Mélody qui voudra m'embrasser un coup là et un autre là.

J'ai dit au Bêta de ne jamais, jamais raconter que Mélody s'était jetée sur moi, et nous sommes montés chez nous, moi rouge de honte, et ma mère a dit un truc du genre : « Ce garçon est bizarre, oui, bizarre. » J'étais bizarre, mais en plus c'est vrai que je suis bizarre, car après avoir fui Mélody, après la honte que j'avais eue de lui plaire autant, ensuite, après ces moments de grande tension, je ne sais pas quelle mouche m'a piqué, mais j'ai passé tout le reste de l'après-midi à donner des leçons au Bêta sur les filles et mes expériences. Et le Bêta me regardait comme s'il voyait un être surnaturel. C'était un de ces moments où ça ne me dérangeait pas de reconnaître que j'étais plus laid que lui, car je me sentais comme un type laid mais qui a du succès. Si à dix ans j'étais comme ça, pensais-je en moi-même, qu'est-ce que ça allait être quand j'en aurais vingt.

Le lendemain, quand nous marchions vers l'école, j'ai expliqué au Bêta que si je plaisais tant à Mélody c'était à cause de ma grande personnalité, que je n'étais pas une brute comme Yihad, ni un enfant chouchouté comme Grandes'O, bref que j'étais un type avec du charme. A la tête que faisait le Bêta en me regardant, je savais qu'il m'admirait énormément. Nous passions devant l'entrée de l'immeuble de Moutarde et de Mélanie, la petite sœur de Moutarde, et à ce moment-là Mélanie et Moutarde sortaient. Moutarde m'a dit :

– Alors, Mélody a réussi à t'embrasser pour la Saint-Valentin ?

Je lui ai dit de me laisser tranquille, et c'est en entendant parler de la Saint-Valentin que, soudain,

Mélanie a enlevé sa tétine, s'est plantée devant le Bêta et, sans dire un mot, a arraché celle du Bêta, l'a attrapé par la tête et l'a embrassé en plein sur la bouche. Je pensais que le Bêta allait se sentir gêné, mais pas du tout, il n'a même pas bougé. Il m'a regardé comme s'il me demandait la permission de mettre en pratique tous les conseils que je lui avais donnés la veille, et à son tour il a embrassé Mélanie, et Mélanie le lui a rendu, et au bout d'un moment nous avons dû les séparer, car le Bêta a seulement quatre ans et je ne sais pas ce que tu en penses, mais ça me paraît un peu tôt pour ces superexpériences, et puis ça commençait à bien faire, en dix secondes il s'était emballé plus de filles que moi, qui ai le double de son âge. Non seulement il était plus beau que moi, il avait plus de succès, mais il était devenu expert. De rage j'étais prêt à le pousser, mais je me suis retenu. A quoi bon puisque cet enfant étrange m'aime même si je le pousse.

Cette nuit-là, on était vendredi, le Bêta est venu dans mon lit. Le vendredi c'est le jour où mon père rentre à la maison. Et ma mère et lui vont de bar en bar jusqu'à plus d'heure et ils lui disent alors de dormir avec moi. Mais en plus, ce vendredi était le début des vacances de Noël et c'était le plus beau vendredi de nos vies. Les vendredis, avec le Bêta sur notre véranda, c'est impossible de dormir, car il devient fou, pendant un temps il va dans le lit de mon grand-père, puis revient avec moi et il rigole tout seul et se met à parler dans le noir quand nous sommes en train de dormir, et mon grand-père dit : « Quelle barbe ce gosse. » Mais cette nuit-là, avec toutes les vacances qui nous attendaient et tous les cadeaux qu'étaient en train de nous apporter les Rois mages qui se dirigeaient vers Carabanchel, je n'arrivais pas non plus à fermer l'œil. Cette nuit-là, le Bêta a voulu montrer à mon grand-père comment Mélanie l'avait attrapé et l'avait embrassé, et il m'a attrapé par la tête et je lui ai dit qu'il n'était pas question qu'il m'embrasse, et alors le Bêta a montré à mon grand-père avec un coussin, et mon grand-père et moi, nous avons dû lui enlever le coussin du visage car il était de plus en plus ému avec son coussin et nous avions peur qu'il s'étouffe tout seul à cause de cette passion qu'il ressentait. Ce vendredi que le Bêta ne dormait pas, profitant que mes parents étaient dans les bars, nous nous sommes déguisés, moi en petit berger et lui en brebis, et nous avons refait à mon grand-père tout le spectacle. Nous devions le réveiller de temps en temps car parfois il s'endormait devant nous. Puis nous lui avons fait Grandes Oreilles en train de réciter et quand il a eu ses contractions mortelles. Et puis nous avons imité le maire à la cape et nous avons joué au maire prêt à sauver les enfants qui sautent du haut du viaduc et les petites vieilles qui vont se faire renverser et les routiers qui vont avoir un accident, quoique mon grand-père ait dit que ce jeu ne lui plaisait pas du tout, mais pas du tout du tout.

Nous ne le savions pas, et encore moins le Bêta qui vit dans le monde mondial du bonheur, mais ce Noël allait être le plus important de nos vies. Le Bêta avait demandé une autre Barbie pour jouer aux quilles avec, et il avait demandé aussi trois dinosaures, dont le *Tyrannosaurus rex* qui est son préféré, et il avait demandé le bateau pirate des Lego, parce qu'il aime bien voir mon père en train de monter le bateau pirate le jour des Rois, même qu'à trois heures du matin il n'a toujours pas fini. C'est un enfant sadique. Et il avait demandé aussi un jeu de magie car il dit qu'il aime être magicien. Il se met un chiffon de cuisine sur la tête et se l'enlève et dit qu'il a disparu et nous, on doit faire comme si on ne le voyait plus, et le pauvre il le croit ; et j'ai dit à ma mère qu'un jour, il faudrait lui dire la terrible vérité, car si un jour il devient magicien pour de vrai et qu'il fait le truc de la disparition, le public risque de mal réagir. En attendant, les Rois lui ont apporté son jeu de magie, et maintenant, au lieu de disparaître avec le chiffon de la cuisine, il disparaît avec un chiffon en soie noire qu'il a trouvé dans la boîte et il se donne quelques coups sur la tête avec une baguette magique avant de découvrir sa tête. C'est très émouvant.

Mon grand-père avait demandé une radio, car avec la sienne, il n'entendait plus que des parasites, même s'il répétait que les Rois ne lui apporteraient qu'une écharpe, car il dit que les Rois ne font jamais attention à lui. Mais il s'était trompé, car il lui a apporté une radio avec des écouteurs et depuis, mon grand-père met toujours les écouteurs et il ne se rend compte de rien, il n'entend plus la sonnette de l'entrée, la sonnerie du téléphone ou quand le Bêta appelle pour qu'on le sorte du bain car il commence à être ridé comme un pois chiche. Et ma mère demande : « Qu'est-ce qui leur a pris aux Rois d'apporter cette radio et ces écouteurs ? »

A moi, ils m'ont apporté un élastique neuf pour tenir mes lunettes et des chaussettes et des slips. Mais surtout ce qui m'a plu, ce sont les jeux de la PlayStation et le jeu de la grotte de la terreur, et un baladeur, le plus grand bonheur de ma vie, avec des superécouteurs, et depuis, je mets les écouteurs et je n'entends plus la sonnette de la porte ni la sonnerie du téléphone et ma mère se demande quelle idée les Rois ont eue avec un cadeau pareil. Chez Louisa, comme tous les ans, ils nous ont apporté un puzzle superpédagogique de 1 500 pièces, et Louisa et ma mère ont passé tout l'après-midi à le faire sans adresser la parole à personne tandis que Barnabé et mon père montaient le bateau du Bêta, et nous avons ainsi pu descendre, moi et le Bêta, au banc du parc du Pendu où il y avait d'autres mecs, Yihad, Grandes'O, Moutarde, etc., qui avaient laissé eux aussi leurs pères et leurs mères en train de faire des puzzles et des bateaux.

J'ai pris mon baladeur, j'ai donné un écouteur au Bêta et j'ai mis l'autre. Il faisait vachement froid et nous étions tous, mes amis et moi, superserrés sur le banc. Ils étaient tous pensifs car dans deux jours, nous devions revoir la tête de m'dame Asunción. Mais moi, j'étais plus superpensif que les autres car je savais une chose que personne ne savait, et encore moins le Bêta.

Ma mère m'avait dit une chose très étrange. Elle m'avait dit que, peut-être, seulement peut-être avait-elle dit, qu'au début de cette année nous allions avoir, mais peut-être seulement, un autre garçon, ou alors une fille, dans la famille García Moreno. Elle m'avait demandé de ne rien dire au Bêta, car c'était peut-être, seulement peut-être, et il fallait le savoir de façon sûre. Aussi ma mère m'avait dit que, pour l'instant, c'était un secret entre moi et elle. Mais je savais que si ma mère m'avait dit ça, c'est parce qu'ils le savaient tous, Louisa, Barnabé, mon grand-père, mon père, ils le savaient déjà tous, car je ne suis pas si superimportant pour ma mère. Ça m'a fait de la peine que le Bêta soit le dernier à l'apprendre (le secret). J'étais prêt à le lui dire, mais j'ai pensé, laissons-le avoir encore un mois de bonheur, car dans peu de temps il ne sera plus l'enfant à sa maman, l'enfant au berceau gigantesque, l'enfant le plus drôle de l'enfance. En plus, le pauvre garçon, à force d'être serré contre moi sur le banc, avec sa casquette enfoncée jusqu'aux sourcils, à remuer sa tétine à toute vitesse en écoutant une chanson romantique de Céline Dion, il avait fini par s'endormir.

TABLE DES MATIÈRES

ELVIRA LINDO

L'AUTEUR

Elvira Lindo est née en 1962 à Cadix, en Espagne. Après avoir déménagé une bonne dizaine de fois, sa famille s'installe finalement à Madrid. Elvira rédige des scénarios pour la radio, le cinéma et la télévision. Et, bien sûr, elle consacre du temps à l'écriture des aventures de Manolito ! Pour inventer les histoires du binoclard madrilène, cet auteur déclare s'être inspiré de sa propre enfance. En Espagne, Manolito est un véritable phénomène : ses aventures ont été lues à la radio et portées à l'écran.

Elvira Lindo vit toujours à Madrid, avec son mari.

EMILIO URBERUAGA
L'ILLUSTRATEUR

Emilio Urberuaga est né à Madrid, en 1954, où il a vécu une enfance « merveilleuse ». Peu disposé aux études, il commence à travailler à l'âge de quatorze ans, en tant que commis dans une galerie de tableaux, puis dans une banque. Après avoir été successivement coursier, vendeur, et estampeur dans un atelier de gravure, il devient illustrateur, métier qu'il adore… surtout quand il s'agit d'illustrer les aventures de Manolito !

Mise en pages : Karine Benoit

Loi n° 49-956 du 16 juillet 1949
sur les publications destinées à la jeunesse
ISBN 2-07-055604-5
Numéro d'édition : 130829
Numéro d'impression : 97933
Premier dépôt légal : octobre 2003
Dépôt légal : octobre 2004
Imprimé en France sur les presses de l'Imprimerie Hérissey